集英社オレンジ文庫

それってパクリじゃないですか？ 2

～新米知的財産部員のお仕事～

奥乃桜子

本書は書き下ろしです。

CONTENTS

CHITEKI ZAISAN BUIN
NO OSHIGOTO

CHARACTERS

藤崎亜季 ■ふじさきあき
知的財産部（通称：知財部）に異動になったばかりの新米部員。デキる女性風の見た目と、中身とのギャップにコンプレックスがある。何事にも懸命に取り組む、真っ直ぐな性格。

北脇雅美 ■きたわきまさよし
新設されたばかりの月夜野ドリンク知的財産部に、親会社から出向してきた。弁理士で、理論派、有能。なにごとにも自分の意見をはっきりと持っている。

根岸ゆみ ■ねぎしゆみ
亜季の十年来の親友で、カフェ『ふわフラワー』の店員。『ふてぶてリリイ』という自身の鞄ブランドを運営している。さっぱりとした性格で、いつも亜季のことを気にかけている。

熊井 ■くまい
元法務部で、現・知財部部長。包容力があり、ゆったりながら仕事のデキるタイプ。

又坂 ■またさか
虎ノ門にある巨大特許事務所の所長。バイタリティ溢れる、頼れる女性。

イラスト／U35

それってパクリじゃないですか？❷

新米知的財産部員のお仕事

CHITEKI ZAISAN BUIN NO OSHIGOTO

【0001】

これが今の立ち位置です

どうしよう、終わらない。

亜季は青い顔でパソコンを眺めていた。時計の針が指すのは十一時五十五分。中堅飲料メーカーであるここ月夜野ドリンクでは十二時からが昼食休憩のため、午前の仕事はあと五分。五分しかない。

画面にずらりと並ぶのは、『イチジク果汁含有飲料の香味改善方法』『紅茶成分を含有する緑茶飲料』などという端的かつ、やや読みづらい一文。

すべてが発明の名称である。そしてすべてが未チェックである。

あとどのくらい残ってるんだろう。恐る恐る画面をスクロールした。なかなか底につかないので、途中で手をとめた。

とにかく、落ち着こう。

ふうと息を吐きだして、『ぐるっとヨーグル』を手に取る。

ぐるっとヨーグル。創業まもなく発売された、月夜野ドリンクを代表するヨーグルト飲料である。洒落た瓶の形が目をひいて、かつて大流行したとか。ペットボトルになった今も、瓶時代の形状を踏襲して、レトロかわいい仕上がりとなっている。

そこが古くさいと一時期売り上げが落ちまくったそうだが、名物企画部長の板東が、ブドウ糖を配合した甘いヨーグルト飲料であるところに目をつけて、仕事や勉強のお供に最適だとキャンペーンを張った。その戦略はぴたりとはまり売り上げはＶ字回復、今では若い層を中心としてやたら人気がある。

そしてなにを隠そう亜季も現在、そのご利益にあやかろうとしていた。これを飲めば頭の回転がものすごいことになって、五分で仕事、終わるかもしれない。

そんなわけはなかった。

無情にも時計が十二時を指し、眉間に手をやっていると、向かいの席から声がかかった。

「なんだかお疲れの様子だな、藤崎さん」

モニターの向こうでにやりとしているのは、北脇雅美、弁理士。

親会社から派遣された知財の専門家。月夜野ドリンク全社を巻きこんだ大事件で一度は去ったものの見事戻ってきた、できる上司。私物のお菓子を隠し持っていて、ただでは絶対にくれない、ちょっと変わった男。

それが顔を傾けて、含みのある笑みを向けている。

「宣言どおり、全部終わったんだろ」

「いや、えっと……」

この上司、終わっていないと絶対わかっているはずだがと思いつつ、亜季はごまかし笑いをするしかなかった。

茶化されるのも当然なのである。さきほど、あれだけ豪語したのだから。

ことの起こりは今朝のミーティングだった。

「今日は予定どおり、みんなで手分けして定期調査を進めようね」

知財部の全部員――といっても三人しかいないのだが、とにかく全部員である亜季と北脇をまえにして、部長の熊井（くまい）はにこにこと宣言した。

「北脇君がいないあいだもこつこつ処理してはいたけど、さすがにマンパワーが足りなくて溜まっちゃったから、今日は一気に直近分まで終わりにしたいね」

熊井が今日こなすと言ったのは、日々増えていく商標や意匠、特許といった他社の権利および権利候補を、自社の開発品がうっかり踏んでいないかチェックする調査業務である。

そもそも知財戦略とは、陣取り合戦のようなものだとよく言われる。誰よりもよい場所をいかに早く、広くゲットするか。それにどこの会社の知財部も頭を捻（ひね）り、すこしでもよい場所を見つけては、せっせと囲いこんでいる。つまりは権利を確保している。

しかしそうしているとめぼしい場所では足の踏み場もなくなってくるわけで、となると今度は、仕様を変更しているうちにうっかり誰かの陣地に土足で踏み入って権利を侵害していた、なんて笑えない事態が起こりえる。そうならないよう、日々増殖する新たな相手の陣地、もとい他社の知的財産をちゃんと監視しておかなければならない。

それでときおり、公開や登録されたてほやほやの他社の特許やら商標やらを画面にずらっと数百並べて、自分たちがそれを踏んでいないか、踏みそうになっていないかを逐一（ちくいち）確認するわけだ。

その地道な作業が、熊井が今日行うと宣言した定期調査だった。

本来は文字どおり定期的に監視してチェックを入れるものなのだが、『カメレオンティー』を巡る冒認出願事件の対処に手一杯で、結構溜まってしまっている。それを今日一気にやっつけたいというのが熊井の意向であるようだ。

承知しました、と北脇は愛用の万年筆を手に言った。

「担当分けはどうします」

「僕が意匠と商標をチェックするよ。北脇君と藤崎君で手分けして、特許、お願いできるかな」

亜季と北脇がうなずくと、じゃあ頑張りましょう、と熊井は会議用机から自分の机に戻っていった。備えつけの冷蔵庫に寄って、『星月茶（ほしつきちゃ）』を一本取るのも忘れない。

朝イチで飲むのが『星月茶』ということは、熊井は作業に余裕と自信を持っているんだな、と部長の飲料の趣味を熟知している亜季は察した。

　当然だろう。この、ぬいぐるみの熊に似たほんわかした雰囲気を持つ部長は、実際のところは大変仕事のできる男である。知的財産部が発足(ほっそく)する前、長く法務部で商標や意匠の管理をしていたから、そのあたりはお手の物なのだ。

「で、どうする」

　機嫌よく作業を開始した熊井を見送って、北脇が亜季に顔を向ける。

　よしきた。亜季は意気揚々と宣言した。

「わたし、飲料の内容物に関係する特許、全部担当したいです」

「全部？　それは大変だろ。藤崎さんの負担になりすぎないように分けるつもりだったんだけど」

「いえ、大丈夫です」ここぞとばかりに胸を張る。「わたし、ここに来るまえは製品開発部で飲料開発してましたから、技術はそれなりに知ってますし」

　すると北脇は万年筆のキャップを回しながら胡乱(うろん)げな顔をした。

「すごいやる気だな藤崎さん。この仕事、単調だし眠くなるし、苦手って言ってただろ」

　確かに仰(おっしゃ)るとおりである。この作業は知財部の業務の中でも一、二を争う、体力と気力をがんがんに削る仕事だ。

　知財部は、誰かの作りあげたものを守るのが役目——とか言うと格好いいが、実のところ、ニュースを賑わすような派手に権利を振りかざした大立ち回りはごく稀で、地味な仕事がかなり多い。

そして亜季がこれから取りかかる作業は、その地味な活動の最たるもので、重要だが大変骨が折れるものだった。かつ、いざ問題となる案件がひとつでも見つかればえらいこっちゃになるため、かつての亜季は『定期調査やるよー』と言われた日はもう、朝から気分が重かったものだ。

しかし、である。今の亜季はひと味違う。

「やだな北脇さん、いつの話をしてるんですか。わたし、北脇さんがいないあいだに成長したんですよ」

「成長」

「そうです」

「船漕ぎながらパソコン眺めてた藤崎さんが？」

「そんなの一回だけじゃないですか！」

亜季は赤くなった。なんで覚えてるんだろう。

まあいい。そんな不名誉な記憶はすぐに上書きされるのだ。

「今では絶対寝たりしませんし、この調査だって、北脇さんがいないあいだもちょこちょこ取り組んでいて、かなり早く処理できるようになったんですよ」

「へえすごいな」

「ほんとですって。だから見ててください、わたしの担当分、昼前に終わらせますから」

昼前に終わるというのは、熟練の知財部員でようやくなしえるかという速さである。なのでさすがに驚いてくれるかと思ったが、北脇はぺらっと手を振った。

「無理して急いで終わらせなくていい。藤崎さんに速さは期待してないし」

「え、どうしてです。知財は早い者勝ちだから、仕事を速くこなせるようにならないとって、北脇さん、いつも言ってるじゃないですか」

「正確さだって大事だし、他にも大切なことはある」

北脇は嘆息交じりで席を立った。はなから亜季が昼前に終わらせられるとは信じていならしい。

相変わらず、全然期待してくれないな。亜季は唇を尖らせた。

近頃の亜季は、どうにか北脇から「すごいな、藤崎さん」とか「一人前だな」といった、感嘆の一言を引きだそうと頑張っている。

ノウハウ情報の漏洩に端を発する冒認出願事件で北脇が月夜野ドリンクを追われていたあいだ、なにも遊んでいたわけではないのだ。亜季がいつまでも使い物にならなければ、その亜季を教育した北脇の功績までもがなかったことにされてしまう。そんなのは嫌だったから、必死に仕事をしたし、勉強もした。

おかげで今では、そこそこ立派な知財部員になったと自負している。

だが北脇は、めでたく汚名を雪いで月夜野ドリンクに戻ってそれなりに経った今も、亜季を一度も褒めてくれない。部下の成長ぶりに目をみはるはずと期待していたのに、それどころか新米ヒヨッコだった頃と大差がないと思っている感すらある。

不満である。

まあ北脇から見れば、今でもヒヨッコ同然なのかもしれない。そこは否定しない。でもこう、なんというか、ちょっとくらい認めてくれてもよいではないか。

冒認出願の証拠を亜季が突きとめたとき、北脇は電話口で、よくやったと心から告げてくれた。藤崎さんに救われたと書いた手紙だってくれた。そういう北脇の心を、今も亜季は大事に抱えて仕事をしている。だからこそ聞きたいのだ。亜季の頑張りを認めているのだと、信頼できる部下だと思っていると、一言でも言ってもらえたら満足できる。それでいい。そんな気がした。

だがなかなか期待どおりの言葉は返ってこない。返ってきたっていいくらいには成長したと自分では思っているのだが、北脇の口から出てくるのはせいぜい上司としての常識的な褒め言葉の類、つまりは『書類、早かったな』とか『会議室予約しといてくれた？　ありがとう』とかだ。亜季が求めているのはそれじゃない。

まあそんな北脇も、今日これから驚くべき速さと正確さで定期調査を終えた亜季を目にすれば、認めざるをえないだろう。

　藤崎さんも、もう立派な知財部員。

　一人前だな、と。

「もちろん慎重に、正確を期して進めます。問題になりそうな特許があったら、昼ごはんのときにでも相談させてください。期待していてくださいね！」

　とにかく言うよりやってみせるのが早い。亜季は見た目どおりのできる女っぽく颯爽と席に戻り、パソコンをひらいた。北脇はちょっと呆れているようだったが気にしない。うんと期待しててくださいよ。

　そしてしばらくは思ったとおり、順調に進んでいたのである。

　発明を権利にしたいなら、まずは特許庁に出願しなければならない。そして出願さえすればすべてがはいオーケーと特許として認められるわけではない。

　権利が与えられるのは、特許庁の審査官による厳正な審査を経て、確かに特許に足ると認められたもののみである。大企業の出した出願のほうが通りやすいだとか、そういう忖度も一切ない。審査はすべての出願に平等だ。問われるのは出願時に提出した書類に記されていること、基本的にはそれだけである。

　その出願書類が誰にでも閲覧可能な公開状態になるのは、普通は出願から一年半も経ってからだった。つまり他社が温めている技術の詳細を亜季たちが初めて把握できるのも、この瞬間だ。

亜季は担当分のうち、まずはそういう公開ほやほやの公報をずらりと並べて、発明の肝(きも)であるクレームなる文章を順に読み進めていった。

このクレーム、驚くほど長い出願書類のほんの一部だが、法律上権利として認められる範囲を定めるのも、他社とのいざこざが起こったときに焦点となるのもここで、まさしく発明の魂であり、本丸である。

つまり他社が陣地にしようともくろんでいる部分そのものだから、もしもその範囲に自社製品や開発品が踏み入ってしまいそうなんてことになれば、なにかしら対策を打たねばならない。出願書類を隅(すみ)から隅まで精読して北脇や外部の特許事務所の弁理士に相談したり、技術者にヒアリングや分析測定を頼んだりして、権利侵害の恐れがあるかきっちりと確認する必要が出てくる。

そういう可能性があるものないものの分類をするのが今日のミッションだ。亜季はずらりと並んだ他社公報に手際よく、権利侵害の可能性ありだったら△、まったく関係なかったら○をつけていった。知財の仕事を始めてそこそこ経つので、慣れたものである。『ぐるっとヨーグル』片手にさくさくと処理は進む。

『食感を残したマンゴー含有果実飲料及びその製造方法』の出願。これはちょっとうちの商品と関係するかもしれない。チェック入れておこう。

『肝臓機能を増進させるビタミン類含有飲料』。うーん、いろいろすごそうだけど、うちはこういうの作ってないから、全然まったく関係ないな。次。

『茸含有飲料』。茸？　うちの商品とはまったく被ってないけど気になる……じゃない、つい興味本位で詳細まで読んじゃうところだった。それじゃあ終わらない、次だ次。

『果汁の生搾り風味を向上させるアルコール飲料の製造方法』。え、これ完全にうちの商品とコンセプトが被ってない？　あ、でもこれお酒か。フルーツたっぷり日本酒、とろとろバナナ。おいしいのかな、ちょっと詳しく読んでみようかな……。

そして気がついたときには、恐ろしいことに十二時五分前だったのである。

「その様子だと全然終わんなかったんだな。あれだけ豪語したわりに」

「……すみません」

亜季は肩をすぼめた。北脇の頭からさっきの記憶を消したい。それかせめて自分の記憶をなくしたい。

だが北脇はそもそも昼前に終わると思っていなかったので、とくにそれ以上小言を言うわけでもなく話を終えた。鞄から弁当を取りだして、会議用の大机に席を移す。

「北脇さんは終わったんですよね」

「まあだいたいは」

涼しいものである。この上司、だいたいどころか完璧に終わっているなと亜季は察した。亜季が担当した部分以外のすべて、つまりはボトルの形状やら工場関連やら、最近力を入れつつある外国特許なんかもしこたまあったのに。

「ですよね……」

「速ければいいってもんじゃない。さっきも言ったとおり、この作業に関しては藤崎さんに速さを求めてない。時間がかかっても正確に処理してるんならいいんじゃない」

あっさり流して、弁当を包んだ紺色のハンカチを解く。

そう言ってくれるとありがたいのだが、いつまでそう言っていられるだろうか。

「それで、あとどのくらい残ってるの」

ほら、もう雲行きがあやしい。亜季は背中を丸めて、小さな声で返した。

「一二五件です」

弁当箱の銀色の蓋(ふた)をあけようとしていた北脇は手をとめた。おもむろに立ちあがり、備えつけの冷蔵庫から『緑のお茶屋さん』を取りだして飲む。それから一言。

「……寝てた？」

「寝てません！　ちゃんと作業は進めてたんです！　ですけどあの、いろいろ気になる発明があって、つい読みこんでしまって」

「たとえばどういうの」

「……茸を使った健康ジュースとか、フルーツたっぷり日本酒、髪が生える飲料です」

なるほど、と北脇は眉ひとつ動かさずにまた『緑のお茶屋さん』を口にした。

「おもしろいけど、うちの商品とは一切関係ないな」

まったくもって反論できない一言に、亜季はさらにしぼんだ。

そうなのである。最初は亜季も、大量の他社特許をポイントを押さえてざざっと確認していたのだ。

発明というのは大概の場合、一般に思われているほど斬新なものではない。基本的には今ある技術に対して新しく、少しでも進んだ技術であれば特許になる。その分野の人間しか違いがわからないようなちょっとした前進を積み重ねる。それが世の発展というもので、その小さな前進を巡ってやりあっているのが知財業界なのである。

だからもし今日の亜季のように何百と読もうと、そうそう目をひくような発明は出てこない——わけではない。

そこに並んでいるのは、まがりなりにも発明である。誰かが作りあげた、努力と発想の結晶だ。しかも亜季は一応、この分野の技術の知識がある。

つまり読み物として普通に面白いし、興味を惹(ひ)かれてしまうのだ。ときには「お?」と食いついたり、「ええっ」と二度見してしまったりするような、斬新な発明だってある。

そういう発明が書かれた明細書を、ついじっくりと読みふけってしまった結果がこの惨状だった。はっと気がついたときには、もう手遅れだったというわけである。

　亜季は気まずく思いつつ、せめてもの言い訳をした。

「一応、なるほどと思える情報は得られたんです。たとえば……茸の使い方がちょっと思いつかないすごい方法で。煮出すんじゃなくて、搾るんですよ。日本酒に入れるフルーツの実施例も、その果物入れちゃう？　ってもので……」

　しかしだんだん声は小さくなって、最終的にはうなだれた。

「あの、わかってます、サボってたと思われても仕方ないです」

　こんなことでは感嘆どころか落胆される。なんだかんだ言って、すこしくらいは期待してくれていただろうに。

　北脇はもう一度『緑のお茶屋さん』を傾ける。

　それからなにか言おうと口をあけた。

　ちょうどそのとき知財部のガラス張りの壁の向こうに、会議から戻ってくる熊井の姿が現れた。熊井は部屋に入ってくるや北脇の弁当を見やり、目を輝かせた。

「お、北脇君も今日はお弁当か。一緒していいかな？」

「もちろんです、どうぞ」

　と答えた北脇は、亜季のことも促した。「とにかく、まずは飯にしよう」

熊井は北脇の向かいに曲げわっぱの弁当箱を置いた。もちろん冷蔵庫から冷えた『緑のお茶屋さん　レッド』をとってくるのも忘れない。

「どう、うちの開発品に影響しちゃいそうな特許、あった？」

「僕が見た範囲では、そこまで致命的なものはありませんね。一件確認したいものがあったので、構造開発部の田中（たなか）さんに問い合わせしておきました」

「おお、さすが仕事が早いね。助かるよ」

嬉（うれ）しそうに両手で曲げわっぱの蓋を持ちあげる。ちなみにこの熊井もすでに調査を終えていて、常務の木下（きのした）と打ち合わせを行い戻ってきたところである。

ふたりとも優秀すぎる。

亜季はため息を押しころした。あとで絶対怒られる。北脇にも、熊井にだって当然叱（しか）られるだろう。関係ない特許を読みふけったあげく、自分で宣言したとおりに仕事を終えられないんだから。

いつになったら、一人前になれるんだろうな、わたし。

遠い目になりながら昼食の準備をした。ちなみに今日は亜季も弁当だ。迷ったが、上司たちが仕事の話をしているのに自分だけ仲間はずれも嫌なので、会議用机の端にひっそりと座った。

ちょうど熊井の曲げわっぱの中身が見える。眩（まぶ）しいくらいに白いふっくらおにぎりがふたつに、見とれるほどのできばえの厚焼き卵と、さっくりと香ばしいささみの胡麻揚げ、それからきゅっと絞られたほうれん草のおひたし。シンプルな献立だが、一見してわかる。相当の手練の作品だ。

　熊井はばりっとした海苔を取りだし、おにぎりに巻いて頰張った。おいしそうである。

　それで、と北脇も弁当箱をひらく。

「熊井さんのほうはどうでしたか」

「意匠はまあ、そんな危ないものはないかな。そうだ、スワロービバレッジがボトルの意匠を登録してたよ。発売したばかりの、環境に配慮した紙のボトルあるでしょ。確かあれって特許も出してたよね？」

　ええ、と北脇は箸を取りだした。シンプルなアルミの弁当箱の中身に亜季は目を剝いた。白米の上には、立派な海老フライがふたつ。買ってきた惣菜を乗せた感じではない。絶対に昨日、日曜の晩に衣をつけられて揚げられたものだ。熊井の弁当とは違うベクトルですごい。

「特許のほうも早期審査を請求したようで、もう特許査定がおりてましたよ」

「ミックス戦略だね。意匠と特許、どっちかだけでも強い権利だけど、どっちも押さえられれば他社はなかなか崩せなくなるもんねえ」

　同じものについて、複数の権利を確保しようとするのがミックス戦略だったな、と亜季は海老フライに目を奪われつつぼんやりと思った。意匠が認められれば、特徴的なボトルデザインが保護されるし、特許が認められればそのボトルデザインを作るための技術の権利を得られる。どちらも登録できれば鬼に金棒だし、鬼と金棒は単独でもそれなりに強い。

「うちも積極的に導入するべきですね」

「ほんとだね。北脇君も戻ってきたし、本腰いれようか」

上司ふたりはすらすらと話しながら、それぞれの弁当箱に手をつけている。亜季は隅で小さくなって、自分のランチバッグをひらいた。今日の弁当は卵サンド。それしか朝に作る暇がなかった。

料理は気分転換にもなるし大好きだが、早起きは苦手だ。趣味のイラストを描いていると、ついつい夜更かしをしてしまうからである。だから今までは会社に弁当など持ってきたことはなかった。

しかし近頃は、月曜日だけはなんとか頑張っている。

というのもこの知財部の上司たち、月曜日は弁当を持ってくるのだ。もともと熊井は二日に一回は弁当だったが、それに感化されたのかなんなのか、北脇までもが月曜に弁当を持参するようになった。となると亜季だけ作らないのも癪なので、早起きを心がけているわけだ。

いつもはそれなりに見栄えも考えて作っているのだが、残念ながら今日はどう考えても、亜季の弁当が一番手抜きである。その事実にさらに落ちこんだ。

もっとも熊井の弁当は円熟味すら感じさせる絶妙なバランスを常に叩きだしているから、自分のほうが手抜きでもそんなに悔しくはない。

ちなみにこの曲げわっぱ弁当、熊井自身の作である。新聞社に勤務するばりばりキャリアウーマンである熊井の妻は、のんびりとした熊井と対になるような生き生きとした女性で、しかも大の料理好きだ。だから仕事をしながらでもこだわったお弁当が作れちゃうのだろう――と長らく思っていたのだが、実際は熊井が忙しい妻の分まで作っているという。なのでそちらは潔く負けを認めるとして、問題は北脇だった。

北脇は料理をするのだろうか。できるかは別として、しない気がする。だがそうすると、あの海老フライは誰が作ったのだろう。一人暮らしの男が月曜日にだけ持ってくる弁当は。ますます落ちこんできた亜季をよそに、厚焼き卵をつついた熊井は、「だけどね」と眉を寄せた。

「さっき木下さんとも相談したんだけど、商標で気になるものがあって」

北脇君たちにも見てもらうか、と熊井はスマートフォンで特許庁の商標検索ページを表示させる。亜季もそっと覗いてみた。

『本格的、果実み』。

そういう商標である。商品名というよりキャッチコピーだろうか。出願しているのは、金鼻(このはな)酒造という大手酒造メーカーだ。

「これ、たぶん今準備してる商品で使用予定のキャッチコピーなんだろうけど、どういう商品に使うつもりなんだと思う？」

北脇がすぐに答える。

「金鼻酒造は酒造メーカーですよね。ならば果汁を使った酒類の新商品に用いるものなのでは？」

「と思ったんだけど、指定商品がアルコール系じゃなくて、ジュース系なんだよね」

商標は、細かく分類された商品グループごとに権利が付与される。たとえば『緑のお茶屋さん』ならば、お茶が属する区分のうちの茶飲料、とまで権利の範囲が決まっている。

その範囲がこの商標では、果実飲料や、果汁入り清涼飲料などになっているらしい。つまり金鼻酒造が従来発売してきた酒類ではなく、月夜野ドリンクのテリトリーのうちにある、なんらかの清涼飲料系の商品に用いられる可能性が高いのである。

それで熊井は首を捻っているのだった。

「金鼻酒造って、ソフトドリンク出してましたか」

「いまのところはないね」

「であるならば新規進出を試みて、果汁を使った新商品を用意してるんでしょうか」

「やっぱりそうなのかな。正直、このキャッチコピーの商標だけだとふんわりしすぎて、目的がはっきりしないよね。商品名の商標も出ていれば、そっちからどんな狙いの商品なのか類推できそうだけど」

残念ながら、商品名にあたる商標はまだデータベースに見当たらないらしい。

「一口に清涼飲料、ジュースっていってもいろいろあるしねえ。うちの『ジュワっとフルーツ　プレミアム』とコンセプトが被ってないといいんだけど」

それを聞いて、亜季も俄然気が気ではなくなった。

『ジュワっとフルーツ　プレミアム』は、今期の月夜野ドリンクがもっとも力を入れていると言っても過言ではないシリーズである。プレミアムの名のとおり、今までの果汁ジュースとは一線を画した、まるで生ジュースのような本格的な味わいを追求したもので、値段もかなり強気の設定である。

すでにマンゴー、メロン、ベリーミックスが発売されているが、そのうち『プレミアムメロン』は亜季もとりわけ思い入れが深かった。なぜならこの『プレミアムメロン』に使われた新規技術の開発には製品開発部時代の亜季が携わっているし、さらにはその特許出願を担当して、最初から最後まで責任をもってまとめあげたのも亜季なのだ。

現在『プレミアム』シリーズはおかげさまで、そこそこの滑りだしである。長寿シリーズにだってなれるかもしれない。しかしもし、金鼻酒造が発売するであろう新商品が同じようなコンセプトだったらどうなるか。相乗効果で両者が売れればよいが、完全に喰われてしまう可能性だってある。

「社長は結構『ジュワっとフルーツ　プレミアム』シリーズに期待してるでしょ？　それで木下さんも、気が気じゃないみたい。知財の面から、金鼻酒造が企画してる新商品の正体を探れないか相談されてね」

常務の木下は、かつて法務部で知財を担当していた。それもあって、知財部が扱う権利の側面からなんとかならないかと熊井に泣きついたのだった。

「……あの、営業さんはなにかご存じじゃないんですか？」

そろりと亜季は尋ねた。

新商品は、大概発売前に同業者のあいだで噂が回る。小売や卸といった取引先から、それとなく他社の情報を聞きだすのも営業テクニックだと聞いた。

「探りは入れてるらしいけど、ガードが厳重でまだわからないみたい。酒造メーカーさんが出す清涼飲料だし、それなりに画期的で、力を入れてるはず。それで情報のガードも厳しいのかもね」

「だから特許方面からどうにかって話なんですね。……どうなんでしょう、北脇さん」

そうだな、と北脇が、海老フライを箸で持ちあげ相づちを打つ。食べかけの断面が見える。ぷりぷりのエビに、一日経ってもぱりっと薄い衣。完璧である。ほんとに誰が作ってるんだろう。

「さすがに発売予定の商品そのものの情報は得られないだろうな。該当の商品に使われた技術の出願があったとして、我々がその存在を知る頃にはとっくに商品が発売済みだ」

　ですよね。亜季は両手で持った卵サンドをぼそぼそと口にした。木下には申し訳ないが、今回知財部はなにもできなさそう――と思ったときである。

「そうかあ」と残念そうにおにぎりを食む熊井の向かいから、ちらっと北脇がこちらを見た気がした。

　しかし、え、と思って目を向けても、涼しい顔で白飯を口に運んでいるばかりである。気のせいか。

　ところが気を取り直してサンドを頬張ろうとすると、物言いたげな北脇の目が、今度は間違いなく亜季を捉えた。

　……なんだろう。

　亜季はサンドをいったん置いて、再び『ぐるっとヨーグル』の霊験にあやかろうとした。おそらく北脇には言いたいことがあるのだ。卵サンドおいしそう、とか？　いやまさか。絶対に金鼻酒造の謎の新商品に関してだが――。

　あれ、と亜季は首を傾げた。

　なにかに引っかかる。

　金鼻酒造。フルーツ。果汁飲料。

「……ちょっとすみません」

『ぐるっとヨーグル』片手に席を立った。自分のパソコンの、まだ一切終わっていない調査データの一覧をスクロールする。本格的果実みを追求した、金鼻酒造の新製品。力が入っていて、まだ発表になっていなくて――

「わかった！　とろとろバナナジュースです！」

急に叫んだ亜季に、熊井は目を丸くした。

「どうしたの藤崎君、なんの話」

「ですからその、金鼻酒造の新商品です。うちの『ジュワっとフルーツ　プレミアム』シリーズと同じ生搾りジュース感を重視したスタイルで、しかも金鼻酒造さんが最初に出してくるのはバナナ味のはずなので、うちでもうすぐ発売予定の『プレミアムバナナ』と製法が被るかもしれません。いろいろ対策を打っておいたほうがいい気がします」

一気呵成に告げた亜季を、熊井はぽかんと見あげている。

「あ、えっと、絶対ってわけじゃないです、その可能性があるような気がするってだけで……」

ふと我に返って勢いを弱めた亜季をよそに、熊井はまずはおにぎりを口に入れた。もぐもぐと口を動かしながら曲げわっぱの蓋をしめ、手を拭き、スマートフォンを取りだして、いきなりどこぞにかけはじめた。

「あ、木下さんですか？　例の飲料の件ですけど、うちの藤崎君がわかったと。はい、ぜひお越しください。今すぐ？　もちろんいいですよ」

　ちょっと断定しすぎたかもしれない。亜季は冷や汗をかきはじめた。助けを求めるも、案の定というかなんというか、頼みの上司は素知らぬ顔で海老フライを味わっていた。

「じゃあ説明してもらおうか、名探偵。なんで金鼻酒造の新商品が、生ジュースっぽさを売りにした、うちの『ジュワっとフルーツ　プレミアムバナナ』と真っ向勝負する商品に間違いないと胸張って断定できたんだ」

　胸は張ってないですけど、と小さくなった亜季の前に、常務の木下は眉間に皺（しわ）を寄せ腰を下ろす。いつもどおり、どこで売っているのかと悩んでしまう赤紫のスーツに禿頭（とくとう）。そしていつもどおり、北脇を気にして視線があちこちにいく小心者ぶりである。

　もっとも当の北脇はそんな木下の挙動不審も、亜季の助けを求める視線さえどこ吹く風で、ひとり悠長に昼食を続けていた。

　仕方ない。亜季は『ぐるっとヨーグル』の容器を両手で摑（つか）んで気合いを入れた。流線型の『ぐるっとヨーグル』の容器、こういうとき摑みやすくていい。

「ではご説明します！　金鼻酒造は酒造メーカーですが、もともとノンアルコール飲料を細々と出してますよね。その流れで、高価格帯の果汁飲料にも進出するつもりじゃないかと思いまして」

「だからなんでそうわかるんだ。証拠もなしに言ってるわけじゃあないんだろ」

「実は、新商品に繋がるかもしれない特許が公開されてるんです」

「繋がるかもしれない特許？」

「さっき他社の公報を見ていたときに見つけました」

亜季は急いでパソコンを持ってきて、木下の隣でマウスを動かした。

「金鼻酒造、昨年に『果汁の生搾り風味を向上させるアルコール飲料の製造方法』って発明を出願してて、それが今月公開になっているんです」

ほら、と見せる。さっきたまたま興味を惹かれて読みふけってしまったもののひとつだ。まるで生ジュースのような飲み心地の、アルコール飲料を作るための発明である。

覗きこんだ木下はさわりの部分を一読して、なるほど、と眉をあげた。

「確かに果物使ってるな。まあこの技術だけじゃ、製品化にはこぎつけられなそうだが。実際この技術を使った酒って、今も発売されてないよな？」

そのとおりです、と亜季はうなずいた。

いくら技術として画期的であっても、いざ製品レベルまでもっていくまでには多くの障壁がある。この技術はおそらく、製品化の壁を突破できずにお蔵入りになったのだ。

「これは公報を読んだ印象からなんですが、たぶんアルコールと生ジュースの食い合わせが製品レベルではしっくりこなかったんじゃないかと思うんです」

「なるほどねえ、さすが元製品開発部」

　てことは、と木下は禿頭を撫でた。

「金鼻酒造、この技術を捨てるのは惜しいと思ったんだな。それでアルコール飲料では製品化には辿りつかなかったけど、ノンアルコール飲料で再トライした。で、今発売準備を進めているところで、その一環として、熊ちゃんが見つけた『本格的、果実み』って商標をとったってわけか」

　腕を組んだ木下の隣で、「なるほどねえ」と熊井が感心した。

「だけど藤崎君、どうしてその果汁飲料がバナナ味だと思ったの？　特許で一番重要な、権利範囲を定めるクレームの部分には、バナナなんて一言も書いてないよね」

「確かにクレームにはバナナの字は一言もないです。でも金鼻酒造が自信をもって出してくる最初の味は、バナナ以外はありえません」

　特許は陣取り合戦だから、権利範囲はとれるだけ広くとるのが鉄則だ。だから権利を法的に規定する文言には、『果物』とか『果汁含有飲料』としか書かれていない。できる限り上位概念を書いて、なるべく広くぶんどろうとするのがセオリーである。

　しかしそのあとに続く何万文字もの詳細な説明を読みこむと、だだっ広く囲われた陣地予定地のうちで、本丸がどこにあるかは自ずと見えてくる。

たとえば『どんな果物でもよい』なんて二十も三十も果物名が列挙されていたところで、妙に詳しく記述されていたり、実際試作して味を確かめていたりするのがリンゴ果汁だけなら、まあ十中八九この会社が売りたいのはリンゴ果汁を使った商品だ。

「この金鼻酒造の明細書は、明らかにバナナに関してだけ記述が厚いです。というかたぶん、どの果物でもうまくいくとか書いてありますけど、実際うまくいったのはバナナだけだったんだと思います」

「だから今回のジュースも、バナナ味を選んでくる可能性が高いってことか」

すごいなあ、うちの藤崎君は、と熊井はまた感心してくれる。

一方の木下は、うーんと腕を組んだまま椅子にもたれかかった。しばらく目をつむって唸っていたかと思えば、片目をひらいて北脇に目をやった。

「どうなの」

北脇の意見を聞こうとしているのだと気づいて、亜季は俄然緊張した。上司はさっきから一言も喋っていないが、亜季の推理をどう思っているのか。

と、ちょうど弁当を食べ終わった北脇は、「検討に値する意見だと思います」とにこりと返した。

「実は数カ月まえに、藤崎さんが指摘した出願と関連するだろう出願が公開されていました。これはつまり、この生ジュース的な風味を維持する技術に関して当時金鼻酒造が特許網をつくろうとしていた形跡で、それだけ本気度が高かったという証です」

「……つまり、酒のために開発した技術を、もったいないからジュースに転用した可能性はそれなりにあるってことか」

「と思って構わないかと。ここで重要なのは、藤崎さんが見つけた特許を眺めるに、金鼻酒造は現在、我々の『プレミアム』シリーズとかなり似通った発想をしている恐れがあることです」

「近い技術領域で開発を進めているかもしれないってわけだな。まったく同じような商品を今後出してくるかもしれないと」

「ええ」

「だとすると今後は該社――金鼻酒造の出方には注意しないといけないな。権利をさきに取られたりしてたら目も当てられないけど、大丈夫なんかい」

「当社で実施予定の技術に関しては抜かりなく出願を進めていますが、相手の動向は注視する必要がありますね。牽制するために、もうひとつ踏みこんだ手を打つのも戦略としてはありです」

「踏みこんだ手？」

「金鼻酒造の新製品に使われるであろう技術を、一部でもいいのでさきに我々が権利化してしまうんです。製品に用いる技術が月夜野に押さえられてしまうかもしれない、そういう状況だけでも心理的プレッシャーを与えられますし、もし実際に金鼻の製品に必須な技術を我々が権利化できれば、金鼻は我々とのライセンスなしには製品を発売できなくなります。この市場で我々が圧倒的有利なポジションを形成できる」

北脇は、月夜野ドリンクの製品にはなんら必須ではない技術でも、相手の製品に使われるだろうなら取得してしまってはと提案している。

ようは、自分たちの座る椅子は当然確保するとして、あとから来た人間が座れないよう、空席にもあらかじめ荷物を置いてしまおうというわけだ。そうすればあとから来た人間――金鼻酒造は座れないし、無理に座ろうとすれば月夜野ドリンクに頭をさげなければならなくなる。

木下は眉をひそめた。

「そんな技術の囲いこみみたいな真似をしていいのか。悪役みたいじゃないか」

「まったく問題ありませんよ」

と北脇はさらりと答える。

「飲料業界はわかりませんが、他業界では一般的に行われている戦略です。我々が行っているのはビジネスですから、善悪もありません。もちろん法的にはクリアです」

それでももし気になさるのなら、と北脇は挑むように指を組む。

「僕が悪役になって推し進めますから、お気になさらず」

木下が言葉につまっているうちに、北脇はにっこりとして続けた。

「とはいえ実際のところ、そのような競合の技術推定は非常に手間がかかりますし、さらに言えば特許法の法目的にそぐわないと思うので、僕個人としては、もっと穏当な手をとるほうが好みではあります」

「そっちはどんな手だ」

「我々の実施予定技術に入りこまれると困るので、補強して出願すべきものを再度洗い出しましょう。類似技術も出願したほうがよいですね。それから、いざというとき先使用を主張するための証拠作りも並行して進めるべきかと」

木下は、やがて首のうしろに手を当て立ちあがった。

「自分たちの技術を守る方向で動くってわけだな。……その穏当な手のほうで頼むよ」

「とにかく名探偵だけじゃなく、あんたが言うなら間違いないんだろう。そういうことなら、知財だけじゃなく販売戦略も、類似商品が出てくる前提で練り直したほうがいいかもな。まずは営業に情報回して、取引先に鎌かけさせるか。熊ちゃん、ちょっと相談乗ってくれ。ありがとな、名探偵さん」

木下が亜季に向かって手をあげる。熊井も「よく気がついたね」と言い残し、ふたりは知財部を出ていった。

「……大丈夫でしょうか」

残った北脇に、亜季はおずおずと尋ねた。北脇が同意してくれたのは心強いものの、バナナジュースが発売されるはずだなどと、まさに名探偵ぶってしまった。確かな証拠があるわけではないのだ。まるきり見当はずれの可能性も普通にある。

「大丈夫だろ。証拠があるわけじゃないのは木下さんも重々理解してる。それにさっきも言ったとおり、いい線いってると思うけど」

北脇は弁当箱を包んだハンカチをきゅっとしめると席を立った。

「実際金鼻酒造が新商品に力を入れているのは間違いない。キャッチコピーまで商標をとってるし、営業からも情報が漏れないようにコントロールしてるんだから。昨年の特許だって、製品が出ていないのに出願している。あの会社はあんまりそういう戦略はとらないみたいだから、それなりの自信があったんだろう。であれば、今になってその技術を改良した商品が出てくるのはおかしくもない」

それに、と言いながら北脇は、亜季に残りの卵サンドを食べるよう身振りで促した。

「もしまったくの見当違いだったとしても、用心して悪いことなんてなにもない。転ばぬ先に杖を立てるのが僕らの仕事でしょ。いつ落とし穴がいきなり現れるとも限らないんだから、こうして他社の動向に探偵みたいに探りを入れて、あらかじめ危なそうな場所に杖を立てておくのはむしろ正当な戦略だよ」

「そう言ってもらえると安心しました。でも」

と亜季は食べかけだった卵サンドに目を落とす。挟んだレタスは萎れている。

「まだなにか引っかかる？　名探偵は本当なんだから、藤崎さんらしく喜べばいい」

「そういうわけにもいかないです」

「なんで」

言いながら北脇は自席に戻り、各地からの取り寄せ菓子を隠し持っている引きだしをあける。そのあいだ、亜季は黙りこんでいた。素直に自分の名探偵ぶりを喜べないのはなぜか。それにはいくつか理由がある。

「……どうして北脇さんは、金鼻酒造のお酒の特許をわたしが詳しく読みこんでいて、しかもそれが新商品の手がかりだって気がついたんですか」

「さっき藤崎さんが自分で、フルーツを使った酒の話してたでしょ。今日調査する案件一覧を朝にざっと確認したときに、出願人が金鼻酒造だったなと思い出して、もしかしたら関係あるかもしれないって思っただけだよ」

「ざっと？　それだけですんなり出てきますか普通？　いえ北脇さんは普通じゃないからわかるんでしょうけど……」

本来ならば亜季が自分で気がつかねばならなかったのだ。

そこが残念なのがひとつ。

「それに、わたしが金鼻酒造の出願を読みこんでいたのは、仕事をサボってたからなんです。サボリが結果的に役に立っても複雑です」

これでは喜べない。

しかし北脇は、引きだしにずらりと並んだ個包装の菓子を整理しながら言った。

「サボってはいないでしょ。必要ないところまで読みふけったおかげで金鼻酒造の新商品が予期できたんだから、藤崎さんはきちんと求められてる仕事をしたんだ」

「わたしがしなきゃいけなかったのは、自社の開発品が他社の権利を踏む可能性があるか、すばやく正確にチェックすることですよね」

「それだけじゃない」

それだけじゃない？

「藤崎さんに期待したのは正確なチェックだけじゃない。情報の解釈だ。知財の視点から業界を見渡して、他社の動向を摑むことだ」

北脇は吟味してから、ラングドシャの小袋をふたつ選びとる。なぜかひとつを机の上に置き、もうひとつを手に取った。

「わかっていると思うけど、世にあるすべての発明が出願されるわけじゃない。権利を得るにはコストがかかる。僕らのような知財部員だってただ働きしてるわけじゃないし、代理人の弁理士にもそれなりの手数料を払わなきゃならない」

権利を主張するには、費用も維持費も膨大に必要となる。亜季たちは、技術者が開発したたくさんの新技術や改善技術から、特許として価値あるものを選んで出願しているのだ。

「逆に言えば、今日僕らが目を通した出願済みの特許はすべて、その理由がどうあれ、それぞれの企業で出願する価値があると選びとられたものだ。それは商標や意匠も同じ。つまり知財には、自然と他社の戦略や思惑が表れる。それを読み取れば、どこの会社がどういう分野に力を入れようとしているのか、どういう方針で研究開発を進めているのか、さらには業界の流れだってなんとなく見渡せる。そういう分析をできるのは知財部だけだ。自社が属する業界のすべての知財に目を通してるのは僕らだけなんだから」

　北脇の話は思ったよりも壮大で、責任重大で、亜季は怖じ気づいてきた。つまり北脇は亜季に、そういう業界の趨勢を特許から読み取ってほしいと考えているのか。

「わたし、分析なんてできてないですよ。流れも読めていません」

「読めてるだろ」

　ラングドシャの小袋をひらいた北脇はあっけらかんと返す。「すくなくとも飲料の内容物に関しては、僕よりはるかに見えてる。その結果がさっきの名探偵ぶりじゃないか」

「……サボってただけです」

「わかってないなあ藤崎さんは。懇切丁寧に説明すると、熊井さんは法務畑の人だし、僕も飲料開発は畑違いだ。でも藤崎さんは、ここにくるまえは実際の商品を開発してた技術者でしょ。だから技術者の目を持っている。勘どころがある。そういう人が見て、おもしろい、つい読んでしまうって発明は、斬新で、見どころがあるものなんだ」

把握しておいて損はないものなのだ。

「実際藤崎さん、ちゃんと金鼻酒造の新商品に関係しそうな特許公報を選んで、読みこんでたでしょ。正しい目の付け方ができてる。そういうセンスは得がたいものだ」

亜季は目を丸くした。これはもしかして、褒めてくれているのだろうか。そんな、嬉しい……。

「といっても自分で言った期日を守れないのはどうかと思うし、僕に言われるまでもなく、今の主張をできないと」

と北脇は楽しそうにラングドシャを口に入れる。

そうですよね。亜季は一転しょんぼりして、黙々と卵サンドを頰張った。仰るとおりだ。亜季はまだ一人前とは言えない。木下も亜季の言い分だけじゃ不安になって、結局北脇に確認をとっていたし。

でも。

気合いを入れて背を伸ばし、サンドをもうひとつ手に取った。こちらは嚙めばシャキシャキ、レタスの音がする。

北脇は、すこしは期待してくれているし、買ってくれているところもあるのだ。それを知れたのだから、今日はいい日ってことにしよう。

『ぐるっとヨーグル』を飲んでから、「北脇さん」とあらためて声をかける。

「今日中には絶対定期調査を終わらせるので、あとで見ていただけますか。それと今の話で思いついたんですが、今日の調査を踏まえた各社の動向なんかを軽くまとめて、製品開発部と共有してもいいですか？　わたしがもし、すこしは流れを読めてるのなら、自分の中だけにとどめておくのはもったいないと思うんです」

机の上のラングドシャをとろうとしていた北脇は手をとめて、ちょっと驚いたような顔で亜季を眺めた。それからなにごともなかったようにやれやれと言った。

「もちろんいいけど、まずは自分で言った期日を守ってくれよ」

任せてください、と亜季は胸を張る。

すこしずつできることを増やして、信頼してもらえる部分を増やすのだ。そうしたらきっと北脇は、亜季が欲しい言葉をいつかはくれる。ラングドシャひとつぶんくらいは心をくれる。

だからこそ、今度こそちゃんと有言実行しなければ。

さっそくランチバッグを片づけて『ぐるっとヨーグル』を引っ摑むと、自分のデスクに戻ってパソコンを睨（にら）みはじめた。

そんな亜季を、北脇はしばらく見やっていた。それから机の上に所在なさそうに佇（たたず）んでいる、残ったラングドシャの小袋を取りあげて、ぱりっとひらいた。

【0002】

みんなはみんなじゃなくて、みんなです

「てことでわたし、きたるべきXデーに向けて焦らずやっていくことにしたんだよね」

砂糖とミルクたっぷりのコーヒーカップを亜季が上機嫌で傾けていると、カウンターの向こうで新作バッグのデザイン画を描いていたゆみは呆れた顔をした。

「一応訊いていい?」

「うん」

「Xデーって、なにが起こる日なの?」

「そりゃもちろん、北脇さんに『一人前になった』って言ってもらえる日だよ。満を持して、バディとして認められる日っていうか」

ゆみはペンをとめ、物言いたげに亜季を見つめる。カウンターチェアの上に収まった猫のリリイが大あくびをする。

「なに?」と亜季は首を傾げた。

「いやべつに」

ゆみは再びスケッチブックに視線を戻す。なんだっていうんだろう。亜季は眉を寄せつつ、再び自分のイラストに意識を向けた。

ゆみの家族が営む喫茶店『ふわフラワー』は、いつもの休日午前と同じく今日も閑古鳥が鳴いている。それをいいことに、亜季とゆみはカウンターを挟んで互いに色鉛筆を動かしていた。ゆみは自身のブランド『ふてぶてリリイR』の新作構想、亜季のほうは趣味のイラスト描きだ。近頃描くのはもっぱら、働くサラリーマンハリネズミの『むつ君』である。

今色を塗っているむつ君は、おいしそうにラングドシャを頬張っている。悩みどころはスーツの色だ。灰色か紺か。カジュアルな灰色をさらりと着ているのも格好いいが、やっぱり勝負どころで着るオーダーメイドの紺が一番素敵だ。もちろんむつ君の話である。

「でもさ、上司って生き物は、めったなことじゃ褒めてくれないでしょ」

気を取り直したようにゆみは続けた。「できて当たり前、できなかったら責められるのが仕事ってもんだし。『一人前になった』なんてあらためて言ってもらいたいなら、きっかけがないと駄目なんじゃない？　なんかあるの、そういうの」

「もちろんあるよ」

と亜季は胸を張って、カウンターの端にボウリングのピンのごとくずらっと並んだ『ジュワっとフルーツ　プレミアム』シリーズから、『プレミアムメロン』味を手に取った。

「じゃーん、これです」

亜季は開封して、どうぞとゆみにさしだした。

「プレミアムメロンじゃん」

「そう。このメロン味って、生搾り（しぼ）のメロンジュースみたいな喉（のど）ごしでしょ？」

「確かに。メロンジュースって思ったのと違う味がしがちだけど、これはいい意味でもったりしてて、デパ地下とかでミキサーにかけたやつみたいだよね」

『プレミアムメロン』を一口飲んだゆみは、なかなかだな、という顔をした。このぶんだと店に置いてくれるかもしれない。

本格志向の『ジュワっとフルーツ　プレミアム』シリーズのうちでも、メロン味は虎（と）の子（こ）だ。というのも、メロンジュースで本物のメロンに近い味わいを出すのはなかなか難しい。メロンは原料が高価なので、通常は果汁の配合をわずか数パーセントに抑えて、香料でメロンっぽさを表現する場合が多いからだ。

だがこの『プレミアムメロン』は違う。味も飲み心地も、まるでメロンをそのまま搾った生ジュースのようなリッチな味わいを叩きだしている。ポイントは、いい意味で喉ごしがもったりしていること。

「実はそのもったり感を出すために、今までにない画期的な技術が使われてるんだよ。そしてなんと」と亜季は大げさに胸を張った。「その技術というのは、わたくし亜季が製品開発部時代に開発に関わったものなんです！」

「へえ、すごいじゃん」

「それだけじゃなくて、なんとなんと」と身を乗りだす。「その技術はすごいから、特許にしようってことになったんだけど、その出願書類をとりまとめてたのも、なにを隠そうこのわたくしなんです！」

革新的な飲み心地を実現した渾身（こんしん）の発明——通称『メロンのワタ案件』は、亜季が製品開発部時代に関わった最後の仕事がもとになっている。亜季が携（たずさ）わっていたときは製品化には一歩も二歩も足らない技術だったが、引き継いだ同僚たちが素晴らしいものに仕上げてくれたのだ。

それだけでも思い入れが深いのに、亜季は知財部で、この『メロンのワタ案件』に再び出会うことになった。素晴らしい技術で特許権に足るということで、出願の運びになったのである。

この出願のとりまとめに、亜季は自（みずか）ら志願した。そして最初から最後まで、発明者のひとり兼知財部員として技術者と特許事務所のあいだに立ち、スケジュールを調整し、書類をまとめあげたのだった。

ちょうど北脇が月夜野（つきよの）ドリンクを離れていた頃だ。自分のため、北脇のため、必死になって出願書類を作りあげた日々が、昨日のことのように思い出せる。

「つまりそれを特許庁に提出できたから、すごいってこと？」

「ううん、まだすごくはない。出願するだけなら誰にでもできるから。でも特許庁での審査に通って、特許として認められたら、ちょっとはすごいと思う。わたしが最初から最後まで手がけた案件が特許になったたってわけだから」

「なるほどね。そうしたら北脇さんも認めてくれるだろうと」

「そういうこと」

そうなった暁こそ、北脇は言ってくれるだろう。

さすがは藤崎さんだ、僕が見込んだだけはあった、と。

「で、そのメロンのなんちゃら案件、いつから仕込んでるの」

「出願したのは半年くらい前かな」

「え、そんなに前？　それが特許になるのはいつなの？」

おおいに褒められる妄想で気を良くしていた亜季は、気まずく目を逸らした。

「……わかんないんだよね」

早期審査請求したから、そろそろ審査に入るはずだが。

「気、長過ぎじゃない？」

「仕方ないでしょ！　これでも早期審査請求したから、普通より全然早いんだよ」

「そういう意味じゃなくってさあ」

ゆみはやれやれとカウンターから出てきて亜季の隣に座った。カウンターチェアの上に丸くなり、昼寝を決めこんでいたリリイがなんだなんだと首をもたげる。

「あのさ亜季、もどかしくって付き合ってらんないから、はっきり言っていい？」

「なに」

「北脇さんのこと好きでしょ」

え。

「なわけないでしょ！」

勢い込んで答えてしまう。どこからそんなふうに思ったのだ。

だがゆみはまったくもって聞いていなかった。

「よかったよかった。ようやく過去のクソ男の呪縛から解き放たれたんだね。ちゃんと亜季の中身を好きでいてくれる人と、本気で恋愛ができるように――」

「ちょっと待ってって」

亜季は慌て（あわ）て遮（さえぎ）った。

のほほんとしているようでゆみは鋭い。ソフト部時代も気鋭のショートだっただけある。ボールが転がりはじめた瞬間に、どこに飛んでいくかを見極められる。

だが、打ってもいないボールの軌道を予想されても困る。

「わたしの話聞いてた？　部下として認めてほしいって話だよ。もちろん尊敬はしてるけど。ものすごく仕事できるし、変人だけど悪い人じゃない。だからこそ、仕事のパートナーとして認めてもらいたいわけで――」

「そうやって否定するところが本気くさい」

　切って捨てられ、亜季はコーヒーを飲み干した。甘い。ブラックにすればよかった。

「……上司に対して、そういうこと考えないよ。そもそも北脇さんはビジネスとプライベート絶対に混ぜない人だし」

「え、そうかなあ」

「だいたいあのひと、パートナーいるから！」

　さすがにその一言には、ゆみも驚いたようだった。

「証拠でもあるの？」

「このあいだの月曜日、すっごくおいしそうな海老（えび）フライをお弁当に詰めてきてた。きっと恋人と一緒に日曜に作った残り物――」

「とは限らないでしょ。北脇さんがひとりで作ったかもしれない」

　亜季は一瞬動きをとめた。その可能性は考えてもみなかった。

　だがすぐに首を横に振る。

「北脇さんがひとりで作ったとは思えないよ。衣は薄くて身はプリプリの、おいしそうな海老フライだよ？　平日は外食しかしないって言ってたし」

「その言い方だと、休日は作ってるんじゃない？」

「確かに……いやでも料理大好きなわたしだって、海老フライなんて家では作らないよ」

「男のほうがこだわった料理するからね。あのひとこだわりすごそうだし」

「そうだけど！　でもなんていうかこう、完璧な海老フライだったんだよ。中身のエビは新鮮で立派で、衣も揚げ方もこなれてて、なんというか、北脇さんみたいな感じで」

「……なるほど、わかってきた。亜季はさ、そういう完璧な人が、自分が相手を好きなのと同じくらい好きになってくれるか自信がないんでしょ。だから、せめて仕事で評価してもらえば満足ってことにして、だましだまし仕事してるんだね」

さも恋愛マスターゆみにはお見通しです、みたいな口調で言うので、亜季は口ごもった。とそこで、鞄（かばん）の中のスマートフォンが震える。社用のほうのようだ。知財案件は常に時間との勝負。急にトラブルが発覚したときのために、亜季は週末も社用スマホを持ち歩いていた。

「ちょっとごめん、メール来たから」

鞄に手を突っこんで、スマートフォンを取りだす。助かった、これでこのよくわからない話もうやむやになるだろう――とメールの文面を目にして、一転亜季は赤くなった。

そうだった、忘れてた。あんなに一生懸命やったのに。

「……なに赤くなってんの？　そういう案件？」

「そういう案件ってなに、これ社用スマホだから。北脇さんに頼まれていた資料を送るの忘れてたみたいで」

「え、北脇さん？」

ひょいと覗（のぞ）いたゆみが眉をひそめた。

表示されている文面は、『官能評価の結果を送ってください』である。

「……これ、どういう意味？　官能って」

「あっ」

しまったと思ったときにはもう遅く、すごい顔をしたゆみと目が合う。

「いや全然違うから！」

亜季の大声にリリイが驚き飛びあがった。そのままカウンターの上を走り回り、またコーヒーカップをいくつか割った。

「――なんだ、ほんとに仕事の話なんだね」

ガムテープで床をぺたぺたやって破片を回収しながら、ゆみはつまらなそうに言った。

「最初からそう言ったでしょ」

と返しつつ、亜季はぐったりとした。危なかった。なにかとんでもない勘違いをされるところだった。

そう、官能評価なるものは、間違いなく仕事の話である。

「最近、『カメレオンティー』を、よりエッジの効いたトロピカル風味にする技術が開発されたんだよ。それを特許出願しようと準備してるんだけどね」

特許として認められるには、従来技術からの飛躍がないといけない。さらにはそれを審査官が納得する、説得力のある表現で表さねばならない。『この新技術を使うとすっごいおいしくてエッジが効くんですよ～』とふわっと主張したところで、文章を読んでいるだけの審査官への説得には正直欠ける。だからこちらが、どうおいしくて、どうエッジが効いているのかを、数値なりデータなりで補強せねばならないのだ。

それは、装置で正確に測れる糖度や粘度などと違いあいまいで主観的で、数値に表しづらい味わいや風味といったものも例外ではない。なんとか説得力のある、『誰もが』こういう風味に感じるのだと言い張れるデータを提示しなければ、審査官は説得できない。

「それで使うのが、官能評価って方法なわけ」

やり方は比較的簡単で、お料理バトル番組の採点方法に近い。

今回亜季が行ったのは、社内から味覚に秀でた人間を十名弱集めてきて、新旧『カメレオンティー』やら内容物の濃度をさまざまに変えたものやらを、どれがどれだかわからない状態で飲み比べてもらい、エッジが効いている順に◎○△をつけたり、果汁感やコクといった項目を五段階評価したりしてもらうという方法だ。

「期待どおりに新『カメレオンティー』が一番エッジが効いてるって結果が出たんだよね」

これで、いかにこの発明の技術が優れているかは証明できたようなものである。

「それで安心しちゃって、北脇さんに結果を送るの忘れちゃってたみたい」

「亜季らしいねえ」

「らしいとか言わないでよ……」

「だけど意外だよね」

「らしいの、意外なの、どっちなの」

「官能評価の話。だってさ、特許って権利を侵害しただのしてないだのでめっちゃ揉めるじゃない。なのに肝心の、その発明がすごいっていう証拠はそんな、数人が『んーおいしい！』とか『おいしくない』とか言ってマルバツつけた適当なものなんだね」

うち喫茶店だからなおさら思うけど、とゆみは店の中を見渡した。

「味覚って、ものすごく人によって違うんだよ。『みんな』がおいしいと思うものなんてそうそうない。でもその官能評価っていうのはさ、十人くらいの感覚を、さも全国の老若男女『みんな』の総意って決めつけちゃうんでしょ。ストライクゾーンで揉めたときみたいに、特許庁で乱闘起きたりしないのかな」

「もちろん起きないように、ちゃんと、きっちりやってるんだよ。適当じゃないよ？」

少々耳が痛くなりながら、亜季は破片を集めたビニール袋を空き缶に入れた。

ゆみの言いたいことはわかる。味覚は個人差があるから、どうしても風味や味わいの評価はふわっとする。そのふわっとした結論を、さも『みんな』が同じように感じると主張したうえで、亜季たちは他社と侵害だのなんだの真っ正面から喧嘩をするわけだ。日々さまざまな客の味覚の違いに苦労しているゆみが、しっくりこないのは道理である。

そしてそれは、親会社で化学物質そのもののような厳密な発明を扱ってきた北脇も同じらしく、気持ち悪くて仕方ないようだった。十人にも満たない人間が、舌というアナログかつ主観的なもので評価したところで、意味のあるデータなんてとれっこない。『みんな』の味覚を表現できるわけもない。それが上司の持論である。

だが亜季たちは、長年この方法を使って開発を行ってきた。きちんと問いを設定して、定義をしっかり揃えれば、千差万別の味覚もきちんと測ることはできると信じている。

そもそもだ。

身も蓋もないことを言えば、官能評価の結果を使って、今まで多くの特許権が認められている。是非は別としても、すくなくとも特許の世界では、十人にも満たない人間の主観的な評価が正しい評価――『みんながうまいと思うもの』なのだ。

「ちゃんと訓練した人が評価してるんだよ。味覚を言葉にどう表すのかとか、どう比較するのか。素人がなんとなく甘いとか甘くないとか言ってるわけじゃないの」

「プロってわけ？」

「そう。一応わたしも、普通の人よりはそういう訓練してるんだよ」

ふーんと言いながら掃除機をかけていたゆみは、ふと思いたったようにカウンターの内側に入った。

「じゃあさ、これがなにかわかる？」

奥でごそごそやっていたかと思うと、カウンターの上にペットボトルをひとつ置く。商品名が書かれたキャップもフィルムも外されているが、亜季はすぐに答えた。

「もちろん。うちの『ぐるっとヨーグル』でしょ？」

間違いない。この白いとろりとした飲料の色合いと、特徴的なボトルの形は弊社(へいしゃ)商品『ぐるっとヨーグル』。東京タワーにインスピレーションを受けたとかいわれているしゅっとした形のボトルを見間違えるわけもない。

「なるほどねえ。じゃあこれは？」

ゆみはにやりとして、その両脇にひとつずつペットボトルを置いた。やはりその特徴的な形状は『ぐるっとヨーグル』――ではなかった。

ボトルの見た目も、中身の色もよく似ている。だが、なんとなく違う。

悩んでいるうちに、ゆみはさっさと三本を隠してしまった。

「さあ、どれが『ぐるっとヨーグル』でしょう？」

「待って、もう一回見せて！」

「飲んでみたらわかるんでしょ？」

と紙コップに注いで亜季の前に並べる。

「このあいだお客さんに教えてもらったんだけど、どれが一番おいしいか、ネットでちょっと話題になってるんだって」

「――当然だけど、『ぐるっとヨーグル』が一番おいしいに決まってるでしょうが」

品質管理部の出入り口にある休憩スペースで、青い作業服を着た柚木さやかが腕を組んでソファにもたれかかった。目の前には三本のペットボトルがある。ゆみからもらったもので、今度はちゃんとフィルムが巻かれていた。

すべて商品名が異なっている。

まずは中央、我らが『ぐるっとヨーグル』である。

それから、それぞれまったく別の会社が製造している左右の二本。

『ヨーグルさん』と『渦巻きウォーター』なる商品だった。

「一般論だけど、人気商品に安直に乗っかったもの、つまりパクリ商品は、先行品には敵わないよ。そりゃ話題性とか売り方で上回る場合もあるけどさ、すくなくとも中身は、はじめに出た商品が一番考え抜かれてるし、コストもかかってる。ぐるっとヨーグルは息が長い商品だからこそ、飽きられないように味をずっと調整してきてるでしょ。だから間違いなく一番うまい」

「ですよね……」

さやかの意見は手厳しいが、この『ヨーグルさん』と『渦巻きウォーター』に関しては的を射ていると亜季は思った。

ゆみが見せてくれた『ぐるっとヨーグル』の類似品は、どちらもそれぞれ一部地域でのみ流通しているものだ。しかし近頃は困ったことに、三本すべてを取り寄せての飲み比べが、ネット上を中心に流行（はや）っているらしい。

だが亜季も、ゆみの店で一口飲んで思った。

どう考えても『ぐるっとヨーグル』が一番おいしい。

というか他のふたつは、違いがわからなかったらどうしようと冷や汗をかくまでもなく、ぐるっとヨーグルと似て非なる商品だった。

官能評価の訓練を受けていなくたって誰でもわかる。『ぐるっとヨーグル』は味わい濃く、飲みごたえのあるヨーグルト飲料だ。しかし他のふたつは見た目こそそっくりなものの、味の組み立て方がまったく違う。もっと軽い飲み心地の飲み物である。

「どれが一番おいしいと思うかは、人それぞれだと思うんです。でもネット上ではおいしさだけじゃなく、『どれが勉強や仕事のお供にふさわしいか』も比べられちゃってるみたいですね」

「それは月夜野としては、かなり面白くないよね」

『頑張るあなたのそばに』。そういうキャッチコピーを旗印に、勉強や仕事の供に最適と売りこんだのは『ぐるっとヨーグル』で、その売り方に値するのも『ぐるっとヨーグル』だけである。仕掛け人の企画部長板東も、なにも消費者をふんわりとしたイメージで騙くらかしているわけではない。ちゃんとヨーグルトのタンパク質と、たっぷりと添加されたブドウ糖が疲れた身体に効くのだと、研究開発費をそれなりに投じてデータを揃えているのだ。

　しかし『ヨーグルさん』と『渦巻きウォーター』は、もちろんそんな涙ぐましい努力はしていないだろう。本当にただパッケージが似ているだけだ。

　それでも世間では一緒くたに語られてしまう。中身は全然違うのに、投入している知恵だって桁違いなのに、パッケージが似ているから、同じようなものだと考えられる。

　結局人間なんてそういうものなのだ、と亜季は思った。中身を評価しているつもりでも、外見で判断している。

　さやかは続けた。

「当然月夜野ドリンクとしては不本意だし、面白くない。とくに企画部の板東さんは、めちゃくちゃ怒ってるみたいよ。なんとかして販売差止できないかって、熊井さんにかけあったって話だけど」

「……初耳です」

亜季は思わず顔をしかめた。また面倒な名前が出てきたな。

板東は月夜野ドリンクの名物企画部長である。天才的なセンスを持ち合わせ、月夜野ドリンクの製品は彼の手腕によってヒットすると言っても過言ではない。しかしながらこの板東、ちまちまとした面倒くさい作業が大嫌いで、つまりは知財部と大変相性が悪い。著作権や商標がらみで何度約束をすっぽかされそうになったか。

「熊井さんは、差止なんて無理って答えたんですよね」

「たぶんね。亜季の部署は法律を扱ってるから、さすがの板東さんも無理押しはできなかったんじゃない？　その代わりこの頃は高梨さんが――」

噂をすれば、とさやかが肩をすくめた。

振り返れば、製品開発部部長の高梨が、眉間に皺を寄せてぐんぐんと近づいてくるところだった。亜季の手元にある『ヨーグルさん』と『渦巻きウォーター』に気がついたらしい。あっというまに目の前にやってきて、ペットボトルを指さす。

「それ、知財部でどうにかしてくれ。類似品の排除はそっちの仕事だろ。板東に恨み言をさんざん聞かされて、耳にたこができそうになってるんだよこっちは」

高梨は、本当に耳にたこができたような顔をしている。

「熊井さんにご相談されたって聞きましたが……」

「したよ。したけど熊ちゃんは、今のところはなんとも言えないって躱してるばかりでな。たぶん北脇君が、ゴーサイン出さないんだろ、な？」

「えっと、どうでしょう……」

亜季は視線を逸らした。なんとなくまずいほうに話が向かってる気がする。

どうも、熊井からうまく対処の約束を引き出せない板東は、この高梨に愚痴をぐちぐち聞かせているようだ。そしてそれに、高梨のほうが我慢ならなくなっている。

しかし熊井がのらりくらりと躱しているのは、なにも面倒がってでも、ましてや北脇がなにか言っているからでもないだろう。こういう仕事に関しては、誰より熊井が詳しいのだから。

熊井が躱しているのはおそらく、『ヨーグルさん』と『渦巻きウォーター』は『ぐるっとヨーグル』の知名度に乗っかった商品であるのは間違いないが、かといってなんらかの法律に則って排除できるかというと極めて難しいとみているからだ。

などと言葉を選びまくって説明しようとする亜季の話など、高梨はまったくもって聞いていなかった。

「難しい話をされても困る。とにかく藤崎、お前に頼んだからな。上司たちが『ヨーグルさん』と『渦巻きウォーター』を排除にかかるように、お前がなんとか説得しろ。そうじゃなけりゃお前がなんとかしろ」

「そんなの無理ですよ！」

ほらやっぱりこうきた。亜季はさやかに助けを求めたが、さやかは無言でごめん、と手を合わせている。

「藤崎、俺はお前たち知財部のためを思って、どうにかしろと言っているところもある」

ぐったりしている亜季に、高梨は真面目くさった顔で続けた。

「どのへんがですか……」

「板東は、『ぐるっとヨーグル』のキャンペーンにただ乗りされ続けているのは知財部の怠慢（たいまん）だと思ってる。ここで完全にへそを曲げられたら、『ジュワっとフルーツ　プレミアムバナナ』の広告関係の権利チェック、死ぬほど骨を折ることになるぞ」

そうだった。亜季は頭を抱えた。

かつてはフリーダムの極みだった板東も、『カメレオンティー』の冒認出願事件を機に少々態度をあらためた。文句をたらたら流しつつ、知財部に協力してくれるようになったのだ。だがこの『ぐるっとヨーグル』の件で知財部が自分に非協力的だと感じれば、またしてもあの、誰にも止められない暴走企画部長が復活する。知財部をしっちゃかめっちゃかに振り回しはじめる。

仕方ない。亜季は拳（こぶし）を固めた。

「わかりました、わたしがどうにかします」

それしかない。板東を制御するよりは、『ぐるっとヨーグル』の類似品を排除する方法を考えるほうがたぶん楽だ。後者はすくなくとも法律上の問題で、わけわかんないことは言いださない。

「よく言った。じゃあ頼んだからな」

「任せてください」

満足げに戻っていく高梨の背中を見送り、さやかがぽつりとつぶやく。

「大丈夫なの？」

「わかりません……」

「なんでそうやってすぐに乗せられちゃうかな」

知財部に戻って洗いざらい話すと、北脇はわざとらしく嘆息して椅子に背を預けた。

「仕方なくないですか？　高梨さんの話にも一理ありますし」

「確かに企画部長に振り回されるのは勘弁だけどな。僕も近いうちに、権利関係でたくさんお願いしなきゃいけないし」

「ですよね！　だったら、なにか手を打ってあげたほうがいいと思うんです。うまくいかなかったとしても、なにもしないで『駄目です』よりは、『頑張ったけど駄目でした』のほうが受けいれやすいんじゃないかと」

北脇はフルーツの形をした高級グミを口に入れながら、ちょっと笑った。

「藤崎さんも発想が知財部めいてきたな」

「どういう意味です?」

「だけど打つ手はあんまりないよ。わかってると思うけど」

「……ですよね」

と亜季は机に並べた、三本のボトルに目をやった。

「この三つ、商品名もロゴも全然似てないから、そこらへんの商標が類似してるって線で販売差止を求めるのは難しいですよね。パッケージのデザインも、色味がちょっと似てるくらいで別物だから、著作権侵害で無理やり攻めるのも厳しいですし」

「そうだな」と北脇はうなずく。「他になにかアイデアある?」

亜季は考えこんだ。正直思い浮かばないが、ここでありませんとは言いたくない。

「……この三つって、よく見ればそれほどそっくりではないですよね。味は似ていないし、名称もパッケージデザインも結構違う。なのに一緒くたに比較されちゃうのはなぜかというと、ボトルの形状がよく似てるからだと思うんです」

東京タワーを模したとかいう初代『ぐるっとヨーグル』の瓶。それを継承したのが、今の『ぐるっとヨーグル』のペットボトルデザインだ。

そしてその『ぐるっとヨーグル』のペットボトルに、『ヨーグルさん』と『渦巻きウォーター』はそっくりである。

「だったらその一番似ているところを真似できないように対策すれば、もう別物、比べられることもなくなるんじゃないでしょうか？」

「いい線きてるな」と北脇は満足そうだ。「だけど実際どう対策して、ボトルの形状を似せられなくする？」

「……意匠登録はどうでしょう。ほら、『カメレオンティー』に使った『キラキラボトル』みたいに」

技術思想を守る特許に対して、デザインを守るのが意匠である。意匠登録したからこそ、他社はキラキラボトルのデザインを真似できなくなった。キラキラボトルは技術を特許権で、その特徴的なデザインを意匠権で、万全に守り固めている。

「『ぐるっとヨーグル』のボトルも登録しちゃえば、みんな真似できなくなるのでは」

「それは難しいよ藤崎君」

と苦笑したのは、さきほどから黙って話を聞いていた熊井だった。

「……どうしてでしたっけ」

「意匠も特許と同じように、新規性が登録要件なんだよ。出願前に公知の意匠については、原則として意匠登録を受けることができない」

「すでに知られているデザインはだめってことですか？『ぐるっとヨーグル』はもう何

十年も前からあるデザインだから、今さら意匠登録なんてできない」

「そういうこと。だからキラキラボトルは、未発表のうちに意匠出願したでしょ？」

そう言われたら、そんな気がしてきた。

「すみません、わたし、意匠ってまだあんまり扱ったことがなくて……」

たちまち小さくなった亜季に、「そうだよね」と熊井はやさしい言葉をかけてくれる。

胸をなでおろして北脇を盗み見ると、こめかみを押さえていた。まずい。

「……意匠が無理なら、容器の権利の保護なんてもうできなくないですか？」

焦りつつ話を戻すと、北脇は本を一冊さらりとひらく。

「できるよ。可能性は高くないけど」

「え、本当ですか？　どうやってです」

「立体商標の登録に挑戦する。こういうやつだ」

ひらかれたページに載っていたのは、かの高名な乳酸菌飲料、ヤクルトの容器だった。

「商標権が認められるのは、商品名やマークに限らない。要はその会社の商品であると誰もが判別できるものならいいわけで、色や、ＣＭに使われる短い音のフレーズなんかも認められる」

北脇はぱらぱらと本をめくって、例を見せてくれた。まずは色の組み合わせ。青、白、黒と三色国旗のように色が並んでいる。文字は一切書かれていないが、それでもこの色の並びは見覚えがある。消しゴムのＭＯＮＯである。色の並びだけで判別できるからこそ、この三色の組み合わせが商標として認められたのだ。

次は音だ。ＣＭの最後なんかに流れる、企業名に旋律を合わせたものが商標として登録されている。『あじのもと』、みたいなやつだ。これもこの音の並びだけを聴いたとしても、『味の素』とわかるから、商標として成り立つわけだ。

そして北脇が最後に説明したのは『立体商標』、つまりは物の形とか、シルエットの商標である。

「もしシルエットだけを見せられても、これはヤクルトの容器だってわかるでしょ」

北脇は容器の写真を指差した。確かにわかる。この特徴的な形は誰が見たってヤクルトでしかありえない。文字が書かれていなくても、中身が入っていなくても、容器の形を見ただけでなんの商品か識別できる。だから商標として認められているのだ。

と、いうことは。

亜季は嬉しくなって、『ぐるっとヨーグル』のボトルを取りあげた。

「この『ぐるっとヨーグル』も立体商標が取れますね！　ボトルの形を見ただけで、みんながなんの飲み物か完璧にわかりますから」

このしゅっとしたフォルム、誰が見たって『ぐるっとヨーグル』である。

なんだ、よかった。手はあったのか。

立体商標が登録できれば、『ぐるっとヨーグル』に似た形のボトルを他社は使えなくなる。商標権の侵害となってしまうからである。ゆえに『ヨーグルさん』も『渦巻きウォーター』も、ボトルの形状を変更せざるをえない。

そしてボトルが似なくなれば、問題は解決したようなものだ。味もパッケージデザインも大きく違うのだから、『頑張るあなたのそばに』とか『勉強や仕事のお供に』という宣伝で思い起こされるのは『ぐるっとヨーグル』だけになり、妙な比較はされなくなる。板東はにっこり、高梨もほっこり、知財部はやれやれだ。

しかし北脇はすかさず釘をさす。

「簡単な道じゃないって言ったでしょ。立体商標の登録にこぎ着けるのは至難の業だ。このヤクルトだってすんなり登録されたわけじゃない。一度拒絶されて、不服審判まで起こしてようやく認められたんだ」

そう言われて、亜季はごくりと唾を飲みこんだ。

特許や商標は、特許庁の審査官に認められねば権利を得られない。もちろん審査官の決定に不服やら意見やらを述べる機会は何度もあるものの、不服審判まで起こしてようやく認められたというのは、かなり難儀していると見なしてよいだろう。

あの、誰もが知っているヤクルトの容器ですらそれなのか。

「ヤクルトだけじゃない。コカ・コーラの瓶だってあれだけ有名なのに、同じく登録は大変だった。サントリーのウイスキーの瓶は、瓶の形状だけでは登録できなかった。立体商標の登録は、物の形での取得を目指すとかなりハードルが高い」

亜季はちらりと『ぐるっとヨーグル』のボトルを見やった。

これ、大丈夫だろうか。

「もうひとつ言えば、実は『ぐるっとヨーグル』は、すでに過去何度か、立体商標の登録を試みて失敗している」

「え」

「ですよね、熊井さん」

固まった亜季の前で、「そうなんだよねえ」と熊井は大きな肩を落とした。

「識別性なしで拒絶されてるんだよ。最後に拒絶されたのは五年くらい前かな。木下(きのした)さんが意見書出して、粘ったんだけどねえ。駄目だったんだよ」

「そんな、じゃあもう出願すらできないってことですか？」

亜季が青くなると、熊井は「これもらっていい？」と『ヨーグルさん』を手に取った。

「いやいや、何度だってチャレンジできるよ。商標には、意匠や特許みたいな新規性の要件はないし。実は今も出願してて」

「え、出願中なんですか？」

「板東君たちには言ってないけどね。あのひと、出願さえすれば必ず権利がとれると誤解してるから」

なるほど。

「だけど今回もなかなか道は険しそうだね。特許庁は、このままだと拒絶するってつい一昨日、言ってきたよ」

「……そうだったんですか」

熊井は手を打っていないわけではなかったのだ。だが今回も、雲行きはかなり怪しい。

「ここからひっくり返せる可能性ってあるんですか？」

「意見書を出して審査官を説得すれば、いけるかもしれないな」

ねえ北脇君、と熊井が話を振れば、北脇は本を書棚に戻して亜季に軽く尋ねた。

「藤崎さん、チャレンジしてみる？」

声は軽いが、視線は鋭い。この上司たち、話が始まったときからこうもっていくつもりだったのだと、亜季はようやく気がついた。

やります、と飛びつきたい気持ちを抑えて考える。他社の有名商品でも苦戦する商標登録、しかも『ぐるっとヨーグル』はすでに過去拒絶されている。

だが。

「……勝算がまったくないわけじゃないんですよね」

知財を巡るもめ事を解決するのは、誰かの意地でも、矜持でもない。知財部にとって、こと北脇にとって、これはビジネスなのだ。であれば必ず、かけた労力に見合うなにかが得られると考えているに違いない。

「だったら全力でやってみます。『ぐるっとヨーグル』が登録できるように頑張ります」
「うまくいくとは限らないからな。重々わかってると思うけど」
「もちろんです。それでもバットは振らなきゃボールは飛ばないって言いますし」
「だそうです熊井さん、任せていいですか？」
「いいよ、やってみよう」

熊井はいつもどおりの即答だった。

「じゃあ藤崎さん、さっそく戦い方の相談をしようか」

熊井が会議に席を立ったあと、亜季と北脇は会議用机の端で作戦会議を始めた。

「まず前提だけど、商品容器の形状を立体商標として登録するには、使用による特別顕著性を有していなければならない。つまりはこのボトル形状を見ただけで、誰もが『ぐるっとヨーグル』だと識別できる、そう主張できる証拠を審査官に提出して、説得しなきゃならない」

ゆみの『ふてぶてリリイ』のときと同じだ。審査官の判断に意見があるのなら、仲間内で文句を言っていても意味がない。気持ちだけでは社会は動かない。まず亜季たちがすべきなのは、きちんと説得しうる証拠を用意して、審査官の判断を仰ぐことだ。

「どういう証拠なら、審査官は納得してくれるんでしょう」

「ポイントは『誰もが』、『ボトル形状だけで』識別できると証明することだ。一般的には、販売実績や売上量、今まで出した広告なんかのデータを提示して、該当商品が登録に値するくらい広く知られているんだと示す。今回も、当然そういう資料は揃えてもらう」

なるほど、『誰もが』の部分は、全国でたくさん売られているという事実で、ある程度証明できるのか。つまり資料を揃えればいいのだ。簡単である。

と考えて、あれ、と気がついた。

「でも販売実績は、『ぐるっとヨーグル』自体が有名だとは証明できますけど、『ボトル形状だけで』なんの飲み物か識別できるかどうかについてはなんにも言ってませんよね」

いかに『ぐるっとヨーグル』がメジャーな飲み物でも、ボトルの形状を見ただけで『みんな』がなんの飲み物かぴんとこないなら、今欲しい権利には手が届かない。

「だからもうひとつ、強い説得材料を用意したほうがいい。具体的に言うと、消費者にアンケートをとる」

「まさか道行く人にボトルを見せて、『これ、なんの容器かわかりますか?』って尋ねまわったりするんですか？　巷（ちまた）の人々がボトル形状を見れば『ぐるっとヨーグル』だと識別できる、そういうデータを集めるために」

「そのとおり」

「え、そんなのでいいんですか？」

　あまりにも原始的な方法に驚く亜季に、北脇は皮肉っぽい笑みを向けた。

「そう、そんなのだ。まあ、数人がうまいまずいって言っただけの官能評価が特許のゆくえを左右するほどには気持ち悪くないけどな」

「……北脇さん、本当に官能評価、好きじゃないですよね」

「別に手法としては認めてるよ。数人の主観的な意見であろうと、訓練された人々が分析した結果であるならば、それは『正しい』評価なんだろ。だからそのデータをもって強力な権利が与えられるわけで」

　話を戻そう、と北脇は万年筆のキャップを捻り、白い紙に線を引いた。

「アンケートをとる方法は、ネット上の調査でもなんでもいい。一定以上の人間が、この容器が『ぐるっとヨーグル』だと識別できると回答すれば、充分な認知度があるという証明に使える」

　なんだ、わりと簡単ではないか。亜季は拍子抜けしてしまった。

　アンケート結果がどうでるかは集計するまでわからないが、手法としてはごく容易だ。

月夜野ドリンクでは日常的にアンケート会社に委託して、巷の人々が抱いた新商品の感想やらCMの印象やらを集めている。今回も同じようにすればいい。

「わかりました。さっそくやってみます」

「任せても大丈夫？　熊井さんも僕も、『ジュワっとフルーツ　プレミアムバナナ』広告の著作権関係と、別件の侵害予防調査で見つかった問題特許の鑑定をとるのに手一杯だから、できれば又坂国際特許事務所の弁理士とのやりとり含めて全部任せたいんだけど」

全部任せたいだって？　亜季は勢い余って立ちあがりそうになりながら答えた。

「もちろんです、期待しててください！」

「そう食いつかれると逆に不安になるな」

「なんでですか、信頼してくださいよ」

恨めしげに目をあげると、北脇は笑った。

「さっきも言ったとおり、ポイントは『みんな』が容器だけで識別できると証明することだ。この『みんな』っていうのはなにも日本に住んでる人間全員じゃない。あくまで商標の審査官が『みんな』だと受けとってくれる人数や構成って意味だけど」

「……なんとなくわかります」

「まあ期限まで一カ月くらいあるから、焦らなくてもいい。とりあえずアンケートをとってみて、特許事務所の代理人に見てもらうといい」

それじゃあよろしく、と出ていこうとした北脇は、ふと思い出したように立ちどまった。

「そういえば、熊井さんから聞いた？」

「……なにか別の厄介ごとでも起こったんですか？」

「そうじゃない」

と北脇は珍しくスーツのポケットに手を突っこみ、逡巡した。それから自分の席にわざわざ戻ってとってきた封筒を、やや改まったふうに亜季にさしだした。

「はい」

亜季はぽかんと見あげた。封筒には宛名もなにも書いていない。

「なんですか、これ」

「藤崎さん、前から冒認出願事件の報奨金が入ったら、旅行に行くって言ってたでしょ。ようやく報奨金をもらえたって聞いたから、これは熊井さんと僕から。すこしだけど足しにして」

封筒をひらいた亜季は目を剝いた。中には全然すこしじゃない額の旅行券が入っている。

「こんなにいただいちゃっていいんですか？」

「僕ら、助けてもらったから。むしろちょっとで申し訳ないくらいだよ」

つっけんどんな物言いだが、亜季は目を潤ませた。すごく嬉しい。正直に言って、振り込まれていた報奨金よりよっぽど嬉しい。

「ありがとうございます。大切に使います」

「言っておくけど熊井さんの発案だから。感謝は熊井さんにしてくれ」

「わかりました」

ばつの悪そうな北脇につられて亜季は笑った。

こうなればぐずぐずしてはいられない。帰宅したらすぐに口コミサイトを覗こうと決めて、亜季は午後を上機嫌に過ごした。どんな旅行にするかはもう決めてある。週末に一泊二日、県内で、うんと贅沢な旅館に泊まるのだ。

そして一週間後。

昼休みに亜季が難しい顔でスマートフォンを眺めていると、会議用机で社食のブラックコーヒー片手にヘーゼルナッツウエハースを味わっていた北脇がふいに声をかけてきた。

「難航してるの」

亜季は驚き顔をあげる。なんでわかるんだ。

と、北脇はさもありなんという視線を向けてくる。

「立体商標、アンケート結果がはかばかしくなかったんでしょ」

「え?」

亜季は瞬いてから、「いえ」と笑った。そっちか。「アンケートは無事、いい感じの結果が出ましたよ」

「え、本当に？」

　今度は北脇が、思いも寄らぬような顔をした。どれだけ難航すると予想していたのだろう。意外に思いつつ、亜季は胸を張った。

「本当ですよ。もう代理人さんに集計結果も送りました」

　拍子抜けするほどあっさりと、期待に近いアンケート結果は得られた。調査会社は亜季のオーダーどおり、『ぐるっとヨーグル』のターゲット世代である十代から三十代の男女で、素晴らしいデータを集めてくれたのだ。

「『みんな』が知っているんだって審査官に思ってもらえるように、年代も居住地域も幅広く設定しました。もちろん男女どちらでも調査してます。どの年齢層と地域の掛け合わせでも、60~70パーセント以上の人が、空の容器を見ただけで『ぐるっとヨーグル』だって識別できてましたよ」

　他社の事例を鑑(かんが)みても、そのくらいの数字が得られていれば立体商標として認めてもらえる可能性が高くなる。

　だが北脇はまたしても、「本当に？」と首を傾げた。

「それほどうまくいくとは思ってなかったんだけど」

「本当ですって！　あとは又坂国際特許事務所の代理人さんに、意見書に仕立ててもらうだけです。北脇さんも実際のデータ、見ますか？」

北脇はすこし考えて、「いや今はいい」と言った。

「いいんですか？」

「どこかの年代では嬉しくない結果になると思ってたけど、僕の予想より実際のデータのほうが正しいのは間違いないからな。それに藤崎さんに任せたんだから、途中で首を突っこむことはしない。もし代理人がなにか言ってきたら教えて」

なんだかんだ言って、信頼してくれているらしい。はい、と亜季はにこにこした。

「そういえば、前にも商標登録しようとして、失敗したことがあったって言ってましたよね。そのときはこういうアンケートはとったんですか？」

「とったらしいよ。でも『ぐるっとヨーグル』の売り上げが大幅にさがっていたときだったから、説得に必要なほどの認知度がなかった」

北脇はウエハースの袋を捨てようと立ちあがる。

「そのあと板東部長が『頑張るあなたのそばに』ってキャッチコピーを浸透させることに成功して、若年層で『ぐるっとヨーグル』の認知度があがった。月夜野ドリンク商品の販売地域自体も拡大したし、今回はいい条件が揃ったんだろう」

なるほど。やっぱりやってみないとわからないんだな。

だったら、と亜季は机の上のスマートフォンに視線を戻した。

行ってみないとわからないってこともあるのかな。

「というか藤崎さん、なにを悩んでたんだ。難しい顔をしてるから、アンケート結果が芳しくなかったのかと思ったら、そうでもないし」

「……あーそれがですね、実は」

亜季は少々考えてから、そろりと口をひらいた。「ちょっと雑談してもいいですか？」

「いいけど、なに？」

「口コミって重視します？」

「しない」

北脇は亜季に目を向けずに自席に戻った。即答である。

「あくまで僕は、だけどな。一般論として、とくに女性において、口コミを重視する人間が多いのは知ってる。見知らぬ他人、しかもたったひとりの意見だろうと、実体験であれば飛びつく傾向がある」

「そう言いますけど男の人だって、権威っぽい誰かの発言にすぐ流されるじゃないですか。男も女も、ひとりの意見を信じこんでるのは同じですよね？」

「僕はどちらがいい悪いって話をしたいわけじゃない。そもそも口コミも、どこかの識者の意見も、鵜呑みにするのは馬鹿らしいと僕は思ってる」

「ですよね……」

はっきり言われると、なんとなく凹んだ気分になってくる。北脇には確固たる自分の意志がある。誰かがいいと言ったとか、同情だとかで流されてなにかを選んだりはしない。菓子の一袋だってくれない。

「で、なんの話なの。口コミに騙されて変なもの契約した？　クーリングオフできるうちに手を打ったほうがいい」

「違いますよ！　ほら、このあいだ旅行券をいただきましたよね？　それをありがたく使って、温泉に行こうと思ってるんです」

「そうなの。それはよかった」

「でも宿泊先を決めかねてるんです。実は草津温泉の近くに、親戚に勧められた旅館がありまして、そこの露天風呂つき客室を狙ってはいるんです」

「……露天風呂つき客室？」

「そうなんです！　写真を見るとすっごく素敵で好みで、ご飯もおいしそうで」

ふうん、と北脇は興味なさそうな顔をした。

「じゃあそこにすればいいだろ」

「そうなんですけど……」

亜季も親戚に聞いたときはここしかないと思ったのだが、ちょっとした問題が起こった。

「口コミサイトを見たら、低評価ばっかりなんですよ。それで悩んでしまって。いくら親戚が最高って言ったって、それはひとりの意見ですよね。大多数のみんながよくないって言うなら、別のところにしたほうがいいのかなって悩んでたんです」

「なるほど」

「どう思います？」

「どうって」

北脇は驚いたようなぎょっとしたような、なんとも言い表しようのない表情をした。

「なんで僕に訊くんだ。そんなの……」

と言いかけて、口を引き結ぶ。それから低い声で言った。

「親戚の意見と相違があるのなら、僕ならばまず口コミサイトを疑う。低評価ばかりが並ぶ特別な理由があるんじゃないか。具体的には同業他社の嫌がらせや、客の逆恨みによって低評価をつけられてる可能性だ」

「うーん、見た感じそういう印象はありませんでした。書き方も書き込まれた日時もバラバラで」

「そもそもその口コミサイトで、当該旅館を評価しているのは何人くらいなの」

「えっと、十人中八人が低評価でした」

「年齢層は？　男女比は。家族なのかカップルなのか、友人との旅行なのか」

「それは」と亜季は口ごもった。そんなのわからない。口コミサイトに、そこまで詳しい情報なんて載っていない。

「さっき藤崎さん、大多数の『みんな』が低評価だって言ったよな」

北脇は冷ややかな視線を亜季へ向けた。

「だけど全然違うじゃないか。それは『みんな』じゃない。書き込んでいるのはたった十人、しかも属性もわからない十人だ。それ、その宿に今まで泊まった数千人、数万人のうちの何パーセントなんだ。まったく母集団を反映してないじゃないか。統計の考え方くらい、当然わかってると思ってたけど」

少々尖った言い方に、亜季はたじたじになった。

「もちろん、ごく一部の意見だっていうのはわかってますけど……」

「まあ藤崎さん、たった数人の好みを集めただけの官能評価が、『みんな』の嗜好を代表するような扱いを受けたとしても、なんの疑問も抱かないからな」

さすがに馬鹿にされたような気がして、亜季はむっと言いかえす。

「官能評価は正当な方法です。ちゃんと訓練を積んだパネリストが、先入観を入れずにブラインドテストしてるんです。自社商品に有利な結果を出すような小手先の工作なんてしません。自分の首を絞めるだけですから」

「なんだ、わかってるじゃないか。社内の数人で評価しただけの官能評価が『みんな』を代表するデータとして受けいれられるのは、それに足る公平で、厳正な調査をしているからこそだ。それにもし審査結果に納得がいかないのなら、無効審判を起こすなり、異議申立するなり、いくらでも対抗の方法がある。だけど今藤崎さんが気にしてる口コミサイトの『みんな』は、なんの訓練も受けてない、どこの誰かもわからない、私見にまみれた誰かでしょ。それが各自勝手な尺度で星をつけているわけだ。しかも旅館側は、悪い評価をつけられようと対抗の手立てはない。言われっぱなしだ」

「……はい」

「そんな無責任な誰かの意見に、『みんな』が言うから、なんてしょうもない理由で流されるな。せめてその『みんな』だと思っているものが本当に『みんな』なのか、よく考えてからにしてくれ」

以上、とでも言いたげに北脇はノートパソコンをひらいた。

釈然としなかった。北脇には確固たる自分があるから、亜季みたいに雰囲気に流されるのが好きじゃないのは知っている。でもあそこまで厳しく指摘しなくたっていいのに。とは言いつつも、北脇の指摘が的を射ているのもまた確かだった。亜季は熟慮の末、知らない誰かの低評価ではなく、親戚の高評価と自分の勘を信じることにした。

どちらにしろ偏(かたよ)った意見だ。信じたいほうを信じればいい。

運のいいことに次の週末に空きがあったから、勢いをつけて予約する。露天風呂つき客室、ひとり。昨今はおひとりさまプランというのがあって、女性のひとり客にも貸し出してくれるらしい。いい時代だ。

「というわけで明日から、ありがたく行ってきます」

金曜の定時に頭をさげると、熊井はにこにこと手を振った。

「楽しんできてね」

「土産はいらないからな」

と口を出したのは、帰り支度をしている北脇である。

「今回はさすがに買ってきますよ。旅行券、たくさんいただいたんですし」

「いらない。せっかくの旅行先で上司のことなんて思い出したら、一瞬で気分が盛り下がるだろ」

「ですけど」

「じゃあこうするといい。着いた瞬間に熊井さん用のお土産を買う。あとは忘れる」

さすがに亜季は呆れてきた。

「そこまでいらないんですか？　思うんですけど、わたしがお返しをさしあげないと、北脇さんが一方的に旅行券をくれたことになっちゃいませんか」

それは北脇流の考え方では、『心をあげた』と同義のはずだが。

「違うな。僕は藤崎さんの活躍に対して、上司として旅行券を返したんだ。このあいだ焼肉を奢ったのと構造としては同じだよ。よってお土産なしで対価は釣りあっている。買ってきたところで受けとらないからそのつもりで。じゃあお疲れさまでした」

言うが早いか北脇は鞄をとり、熊井に頭をさげて出ていった。

呆気にとられた亜季の傍ら、熊井が苦笑する。

「気を遣ってるんじゃない？」

そうなのだろうか。そうかもしれない。だといいな。

＊

「北脇さんって、月曜日だけお弁当を持ってこられるんですね」

土曜の午前中のことである。客のいない『ふわフラワー』のレジ際に佇んでテイクアウトを待ちながら、毛繕いをしているリリイを眺めていた北脇は、突如かかった声に振り向いた。

カウンターの向こうから身を乗りだしているのは、この店の経営者の娘、根岸ゆみである。北脇の部下、藤崎亜季の高校時代からの友人だと聞いていた。

「お弁当、ご自分で作られてるんですか？」

質問の意図が摑めず北脇が黙っていると、ゆみは人なつこい笑みを浮かべた。

「亜季が言ってたんですよ。北脇さんのお弁当に入ってた海老フライが、すっごく立派でおいしそうだったって。自家製らしいって言うから、レシピが知りたいねって」

　ああ、と北脇は息を吐きだした。そういうことか。

「別に珍しいものじゃないですよ。市販のパン粉を使って、普通の鍋で揚げただけです」

「え、ご自分で作られたんですか？　お弁当も？」

「土日だけはわりと料理をするんです。その残り物を、月曜の弁当に詰めているだけなんですよ。ひとりだと食べきれないので」

「ああそうなんですね！　なるほど、そうか、なるほど」

　ゆみはやたら相づちを打つ。

「失礼かもしれないですけど、北脇さんって料理はされないのかと思ってました」

『しない』ではなく『できない』と思っていたのではと北脇は思ったが、言わなかった。

「一人暮らしも長いので、一通りの家事はできますよ。出向してから忙しいので、近頃は外食も多くなりましたが」

　家事もできない男だろうとよく言われるが、心外である。北脇は、自分のことは大概自分でできるように心がけてきた。あって当然のスキルだと個人的には思っているし、どうせ一生ひとりで生きていくのだから、できるに越したことはない。

「そっか、うん、そっか。だったらわたし、ちょっとサービスしちゃおっかな。サービスというか、人助けというか」

なんの話だと思う間もなく、ゆみは「あ、テイクアウト弁当できたみたいなので」と、厨房から紙パックの弁当箱を抱えてくる。北脇が持参した紙袋にしまいこみながら、まるでお箸はいりますか、と尋ねるように言った。

「なんで亜季が、安直に『かわいい』って言ってくるしょうもない男ばかり好きになるのか知ってます？」

なんだって。突拍子もない質問に目を剝きそうになりつつ、北脇は努めて冷静に返した。

「いえ、知りません」

「尋ねたこともないですか？」

「……とくに興味はないので」

ですよね、と笑ったゆみは話を畳むかと思いきや、こう言いだした。

「じゃああの子が、自分がもてない理由をなんて説明してるかは知ってますよね」

知ってて当然みたいな調子なので、北脇は仕方なく答えた。

「見た目と中身が合っていないからでしょう」

藤崎亜季は以前言っていた。できる女めいた見た目は敬遠される。できる女が好きで寄ってくる男は、中身を知って幻滅する。

「ほんとにそうだと思います？」

北脇は閉口した。思うとも思わないとも答えられるわけがない。

ゆみは北脇の返事など待たずに続ける。

「だって、いい年した大人が、見た目だけでアリとかナシとか決めますか？　亜季がちょっと抜けてて、でも賢くていい子なのはすぐわかるじゃないですか。そもそも今までだって、亜季の内面を好きになる人はいたんですよ。でも亜季は、そういう好意はなかったことにしちゃう。なんでだと思います？」

帰りたくて仕方なくなった。なぜ部下の、ごく個人的な事情に関する考察を聞かされているばかりか、口頭試問まで受けているのだろう。弁理士試験の口述試験のほうが、まだ回答に迷わなかった。

「北脇さんは、どうして亜季は、中身を好いてくれる男を避けるんだと思いますか？」

重ねて問われ、北脇はなんとか捻りだした。

「……見た目だけで女性を評価する軽薄な男が好みだからですか」

「あのー本当にそう思ってます？」

「いや、まったく」

気まずく答えると、いいですけど、とでも言いたげにゆみは紙ナプキンを袋に入れた。

「亜季、大学時代に恋愛トラウマがあるんですよ。すっごく馬が合ってると思ってた男に好きだって伝えたら、その男、なんて言ったと思います？　『亜季の中身は好きだけど、できる女ふうの見た目が好みじゃない。だから付き合えない』って返したんですよ」

クソ男でしょと憤慨しながら、ゆみはサービスのブラックコーヒーも紙袋に突っこんだ。

「瀬名っていうんだったかな、さわやかなふりして陰で何股もかけてて、亜季のこともキープしてただけの最低男。なんでそんなのに引っかかっちゃったかな。でも亜季はほんとに好きだったから、見た目がダメなのが理由なんて言われたら、なにも言いかえせないじゃないですか。それで今でも引きずって、かわいいって安直に言うダメ男に走るんです」

はいどうぞ、とゆみが紙袋を持ちあげる。

「でも亜季は賢いから、ほんとは全部わかってるはずです。だから、気の合う男に惹かれてまた痛い目を見ないように構えてる」

北脇は紙袋を受けとった。財布をひらくが、手が滑ってなかなかカードを取りだせない。

苛立ちが募り、つい我慢していた言葉が口を衝く。

「それを僕に伝えて、どうしろというんですか」

「なんとかしてあげてくださいよ」

「僕は上長にすぎません。部下のメンタルケアは大切ですが、むやみに個人的な事情に立ち入るわけにはいきませんよ」

ようやくカードが抜けた。さしだすと、ゆみはにっこりと受けとった。

「海老フライ、すごく出来がよくて北脇さんみたいだって、亜季が言ってましたよ」

テイクアウトしに行っただけなのに、やたら疲弊してしまった。

　土曜の早い時間に『ふわフラワー』を訪れるのは金輪際やめにしようと決意しながら北脇は帰宅して、テイクアウトした弁当で手早く昼食を済ませ、飼っているメダカに餌をやった。そろそろ水草を足してやったほうがいいかもしれない。できれば猫も飼いたいのだが、一人暮らしの借り上げアパートではさすがに無理だ。

　それから机に向かった。ひらくのはもちろん知財関係の本である。今年の法改正と新たな判例を、週末のあいだに押さえておきたい。

　北脇は、週末にも仕事をしている自分を惨めだと思ったことはない。昨今のワークライフバランスの考え方も大切だとは認識しているが、専門職の人間は多かれ少なかれ自己研鑽が必要だし、得物は磨けば磨くほど身を助く。

　なにより、没頭するのが好きだった。なにかに没頭していれば、余計なことは考えずにすむ。

　顔をあげると、いつしか時計は夕方の五時を指している。すこし早いが夕飯を作ろうと思いたち、冷蔵庫を物色した。昨日の帰りにスーパーで購入した、今日が消費期限の鶏もも肉が一パック。しばらく考えて、唐揚げを作ろうと決めた。

　味つけはごくシンプル。一度会社の同期連中との宅飲みに持っていったことがあったが、男性陣からは笑ってしまうほど不評だった。パンチがないそうだ。

冷凍してあった白飯を電子レンジで温めて、唐揚げと一緒にテーブルに並べた。食後も本を読むつもりだから、ビールは一缶だけにする。この間エビを揚げた油を使い回したら、唐揚げからはエビの味がした。注ぐのに失敗して泡だらけになったグラスを傾けながら、ふと、日中の会話を思い出した。

根岸ゆみは、藤崎亜季が北脇を立派な海老フライに喩えたと言っていたが、事実ではないだろう。北脇は、ひょろりと痩せて半額シールの貼られたエビである。もし立派に見えたのなら、それはたっぷりとつけられたパン粉のおかげだ。

とすると、ある意味言い得て妙なのだな、と北脇はおかしくなった。海老フライはすごい。衣を厚くすればするほどごまかしがきく。さも高級で生きのいい、本物のエビを使っているのだとみなに思わせられる。

それでも構わない、とビールを飲み干し、食器をまとめて立ちあがった。衣だけは厚くとも、最高級品の自負がある。そちらを評価してくれるのならそれでいい。

「さて、仕事するか」

台所に向かう道すがら、書棚の一番上の段に立てかけたイラスト額に目が留まる。

色鉛筆で描かれているのは、ハリネズミを擬人化したキャラクターだ。お世辞にも上手だとか、見るべきものがある絵だとかは言えないが、北脇はなぜか気に入っていた。だからこそ、手の届かない一番上の段に飾っている。

食洗機を回して戻ってくると、どこからか異音がする。アクアリウムの照明が故障したのかと思ったが、なんのことはない、スマートフォンが震えている。

冒認出願事件のはじまりの恐ろしい一瞬を思い出して身体が強ばったが、どうやら震えているのは社用のスマートフォンではなく、私物のほうらしい。

珍しい、いったい誰だ。プライベートの番号はほとんど誰にも伝えていないし、そもそも北脇に電話をかけてくる人間などそうはいない。親兄弟か、百歩譲って同期の南か、それかマンション投資の営業か。

机に伏せられていたスマートフォンを表に返した。電話をかけてきた人物の名前が表示されている。

『藤崎亜季』

一拍おいて、再び裏返して机に戻した。落ち着き払って椅子に座りこみ、背もたれに身体を預ける。まだ電話は鳴っている。軽く目をつむる。今週も疲れたな。

そういえば出向が決まったのも、こんな季節だったなと思い出す。

北脇が勤める上毛高分子化学工業、略して上化から、関連企業である月夜野ドリンクに知財人材を派遣する。そう決定されたはいいものの、肝心の出向者選びは難航した。行きたがる者がいなかったのである。

素材メーカーからすると、飲料業界はまったく異業種のうえ、うまく知財部が立ちあがったとしても、その後の会社人生において得るものは少ない。出世もそうは望めない。そもそも知財部は、出世向きの部署ではない。

だが北脇は打診があったとき、すぐさま行くと答えた。上化には、知財に関わる優秀な人材が大勢いるから、自分ひとりがいなくなったところで大きな支障はないだろう。北脇にオンリーワンの価値はないのだから。

だが月夜野ドリンクでは違う。月夜野ドリンクが築きあげてきた財産を、厳しく、かつ親身になって守る専門家が求められている。月夜野ドリンクにとって価値ある男である限り、北脇は必要とされつづける。

必要とされることほど、北脇を安堵させるものはなかった。

そんな打算にまみれて月夜野ドリンクに乗りこんだ北脇に、食らいついてきたのが藤崎亜季だった。『すこし抜けているが賢くていい子』、そう根岸ゆみは評していたが、そのとおりだろう。

そして期待されることを望み、期待を素直に糧にできる人間。

同じく期待を望みながら、応えられなかったらと常に追いこまれている北脇には、どうにも無視できない、眩しくさえ思える存在である。

だからこそ、ついプライベートの電話番号を教えてしまった。そして、用が済んだのだから消してくれと一言言えばいいのに、ずるずると今に至っている。

などと関係ないことを一瞬考えてから目をあけると、電話は切れていた。思わず手に取ったが、やはりスマートフォンは沈黙している。

間違い電話だったのだろう、とまずは考えた。仕事の用があるならば、社用スマートフォンにかけてくるはずだ。おおよそ鞄の中で偶然かかってしまったに違いない。

ちょうど本日、藤崎亜季が温泉旅行に向かったことは当然把握している。露天風呂つき客室に泊まるのなら親しい男性と一緒だろうから、北脇に電話してくるわけがない。

同時に頭の隅を、日中耳にした藤崎亜季の不幸な恋愛トラウマがふとよぎり、北脇は落ち着かない気分になった。もし同行の男性とトラブルがあって、藤崎亜季が困って助けを求めていたらどうする。いや、もっと他に助けを求める人間はいるはずだ。しかし——。

逡巡しつつ冷蔵庫から『緑のお茶屋さん』を取って戻ってくると、またしてもスマートフォンは震えている。

北脇は急いで手に取って、しかし画面の表示を見るや顔をしかめた。

電話相手として画面に表示されているのは、藤崎亜季ではない。

上化の同期の南である。

「……なんでお前なんだ」

つい苛々とつぶやいてしまった。なぜこのタイミングなのか。

南は、北脇が知財の道に進むきっかけといっても過言ではない男だ。

同期三十人の中で、この男は誰より頭がよくて、研究センスがあった。本物の、丸々と太ったエビなのだとすぐにわかった。とても太刀打ちできない。この男と同じ天秤にかけられたら、誰もが南を選ぶに決まっている。

南と同じ道を歩むのは、北脇の生存戦略に反していた。だから知財の道へと進んだ。北脇は、研究者としての自分を諦めた。

今となってはそれでよかったのだと思っている。妙な悔しさを引きずっているわけでもない。北脇は北脇で必要とされる場所を見いだしたのだから、南もおおいに出世してくれと考えていた。実際北脇が知財の道を順調に歩みはじめたときにはもう、南は職務上で必要があれば話をする程度の縁遠い存在だった。

だがこの南、天才的研究センスばかりでなく、馬鹿をつけたくなるほどいいやつの特性も持ち合わせていた。そのせいで面倒ごとに巻きこまれ、結局出世街道から外れてしまったのだから世話はない。腹立たしく思いつつ、北脇は廃人寸前の南を放っておけなかった。自分に研究者の道を諦めさせた人間が、こんなところで潰れていいはずないのだ。

そんなこんなでいつのまにか、不本意ながら、南は唯一、そこそこ連絡を取り合う同期に収まってしまっている。

しかしその南が、今日はなんの用だというのか。

最近は仕事もうまくいっていると聞いている。なにやらフロンティア創出研究チームなる新規部署の立ち上げがうまくいって、今では近隣の農家や自治体と提携して、自社工場の生産システムを応用した次世代農場事業を始めているらしく、世間でも話題になっているとか。仕事上のなにかで壁にぶち当たり、飲んだくれているとも思えない。

そういえばあいつも、今週末に温泉旅行に行くと言っていたな。

誰と行くのかまではどうでもよかったので知らないが、どうせ部下だとかいう名も知らぬ婚約者とだろう。であれば旅行の勢いかなにかでいよいよ結婚が決まって、報告しようと電話をかけてきたのかもしれない。出るのが面倒になってきた。

とにかくなんであれ、端的に用件を聞いてすみやかに電話を切る。それから念のため藤崎亜季に電話をかける。そうしよう。

北脇は息を吐きだし通話ボタンを押した。

「もしもし——」

『北脇さん！　わたしです、藤崎です！』

北脇は、スマートフォンを耳に当てたまま固まった。おもむろに画面を見やる。やはり通話相手は『南』である。

『あれ？　北脇さん、聞いてますか？　そこにいますよね？』

だが聞こえてくる声は間違いなく、藤崎亜季のものだ。

なぜ上化の同期のスマートフォンから、月夜野ドリンクの部下の声がする。藤崎亜季は旅館に泊まっているはずでは――。

ふいに北脇は、最悪な事実に思いあたった。なるほど、そういうオチか。

「藤崎さん、南と交際してたんだな」

『あ、まだ繋がってた、よかった。北脇さん、お休み中のところ申し訳ないですが仕事のことでご相談が――って、え？』

スマートフォンの向こうで藤崎亜季が絶句している。北脇は苛々と返答を待った。パワハラもしくはセクハラかもしれないが、今に限っては知ったことか。わざわざ電話をかけてきたのはそっちだ。

誰かと話し合っているような声がして、『あの、代わります』と慌てたように藤崎亜季の声が離れた。と思えば、めちゃくちゃ賢そうなのにどこかのんびりとした、妙に気に障る男の声がする。

南である。

『え、北脇？　どうした？』

いけしゃあしゃあと尋ねる同期に、北脇はむっと返した。

「どうしたじゃない、種明かしのつもりか？」

『なんの話だ』

「とぼけるなよ。お前、部下と付き合ってるって言ってたよな。てっきりお前の部下のことだと思ってたら、俺の部下じゃないか」

言いながら、北脇は思った以上に苛立っている自分に気がついた。

致し方ない。南も藤崎亜季も、北脇のなかでは『いいやつ』だった。自分にないものを持っていて、なぜか放っておけない、眩しくて、面白いやつ。そのふたりが示し合わせて北脇を騙すような真似をしていたから、落胆しているのだ。

北脇が眉間に皺を寄せて『緑のお茶屋さん』の苦さを存分に味わっていると、電話口で南は大きく息を吐いた。

『……お前、なんか勘違いしてるだろ』

「なにが」

『まず俺はこの旅館に、課内の有志との親睦旅行で来てる。恋人とふたりきりでもないし、その恋人が藤崎さんなわけがあるか。言っておくけどな、もちろん藤崎さんとは顔見知りだよ。研究所の夏祭りを手伝ってもらってるからな』

上化の赤城研究所では、年に一度研究所公開を兼ねた夏祭りがひらかれる。藤崎亜季はそこの月夜野ドリンクのブースで売り子をしていた。それで南や、その部下たちと知り合いなのである。

だが北脇は釈然としなかった。

「じゃあ今、俺の部下がお前の隣にいるのはなぜだ」

『そりゃ偶然、同じ宿に泊まってるんだよ』

「偶然？」

『そう。しかも藤崎さんは困ってた』

「……人間関係でか」

『いや、仕事の件だって』

「仕事？」

休日だろ、と思わず言いそうになったがなんとか呑みこんだ。仕事の件でというのは正直、予想していなかった。

『どうしても今、お前にアドバイスがもらいたかったんだってさ。それで電話した。でも出ない、困ったと言うから』

「それでスマホを貸したのか？」

『お前、ひねくれてるからな。どうせなんかめんどくさいこと考えて居留守使ったんだろ？　だから俺が電話をかけるほうが手っ取り早いと思ったんだよ』

北脇が黙りこむと、南は亜季に聞こえないように声をひそめる。

『お前、ちゃんと言い訳しておけよ。旅行先でもお前を思い出して電話をくれる人なんて、そうそういない。大事にしろよ』

「……お前こそなにか誤解してるだろ」

『誤解？』

妙に気に障るさわやかさで笑うと、とにかく、と南は元どおりの声音で続けた。

『連絡ついたから、俺たちは退散するよ。次はちゃんと藤崎さんからの電話、とれよ』

じゃあな、と電話は切れた。

「……なんだそれ」

スマートフォンを手に、北脇はつぶやいた。南と藤崎亜季は、たまたま旅館で鉢合わせしただけだという。

「そんな偶然、普通ないだろ」

信じがたい。ノウハウとして秘匿した技術がいきなり他社から出願されるくらいありえない。

だがほどなく、これが証拠と言わんばかりの写真が送られてきた。

浴衣姿の南や藤崎亜季、そして南と苦楽をともにしてきた部下の面々が写っている。部下たちは楽しそうにポーズをとっていて、スマートフォンを構える南の表情も晴れやかだ。

そのうしろで藤崎亜季はひとり、不安そうな、硬い笑みを浮かべている。

北脇はしばらく写真を見つめ、スマートフォンを机に置いた。『緑のお茶屋さん』に再び手を伸ばす。視界の端で、メダカは涼しい顔をして泳いでいる。

一息に『緑のお茶屋さん』を飲み干して、北脇は空の容器を机に置いた。

スマートフォンを再び手に取る。

深呼吸してから通話ボタンを押した。

＊

亜季がちょうど部屋に戻ったとき、スマートフォンが震えた。まさか、いやありえない、でももしかしたら。

慌ててバッグから取りだすと、画面にはそのまさかの上司の名前が表示されている。亜季はかぶりつくように耳に当てた。

「もしもし、藤崎です」

『藤崎さんは熱心だな。旅行先でも仕事の電話をかけてくるなんて』

妙な感動が心を満たす。いつもどおりの皮肉っぽい物言いも、もはや安堵を誘うものでしかない。北脇のほうから電話をくれるとは思っていなかった。

「すみません、土曜の夜に。もしかしてお取り込み中でしたか？」

『全然まったく』

切って捨てるような即答に、亜季は不思議と胸をなでおろした。

『だけど藤崎さんが、まさか南の電話を借りるとは思わなかった。百歩譲って偶然同じ旅館に泊まっていたのは納得するとして、藤崎さん、そこまであいつと親しかったっけ』

「えっと」

亜季はここのところ、親会社の夏祭りで月夜野ドリンクの飲料を売っている。なぜ知財部の亜季が売り子なんてしているかというと、これは北脇の伝手で舞いこんだ案件だからだ。ある日、いつも自信満々な北脇にしては珍しく、言いにくそうな顔で頼んできたのである。上化の同期が夏祭りを盛りあげたいと言っている。協力してやってくれないか、と。

それで亜季はぴんときた。北脇がときどき話に出すライバル、もとい『同期』とはこの人だ。

というわけで自ら売り子に赴き、南やその部下たちと仲良くなった。ちなみに南のほうも、亜季が北脇の話にときどき出てくる『部下』だと知っているので、それもあって単なる仕事上の顔見知りよりは親しい間柄になっている。知らぬは北脇だけである。

などとはとても言えないので、とっさにふわっとごまかした。

「親しいというわけじゃないんですけど、でもほら、出先で偶然知り合いに会ったら、普通声をかけるじゃないですか」

『僕はかけない』

「わたしはかけるんです！　というか最初に話しかけてくれたのは、南さんの部下の女性陣のみなさんだったんですよ」

亜季もはじめは、ひとり旅館を満喫していたのである。

もう最高だった。青々とした畳は清潔で、ガラス戸を開ければすぐに露天風呂が湯気を立てている。亜季はさっそく湯船につかり、気持ちよく鼻唄を歌った。それから用意されていた可愛らしい浴衣に身を包み、旅館の庭園に赴いて、ほっこり甘いあんみつを食べた。おひとりさまプランには甘味のサービスがついているのである。至れり尽くせり。

そして日が落ちれば、いよいよ夕飯である。上司たちの心遣いをありがたく頂戴して、亜季はぼたん鍋の特別コースを選んでいた。これが頰が落ちるほど美味なうえ、部屋食だから、ぼっちのさみしさなんて気にせず堪能できた。わかっている。行き届いている。

ここ、すっごくいい。

夕飯後、亜季は貴重品を入れたバッグを手に、うきうきと大浴場に向かった。なんだかんだ口コミが悪いのを最後まで気にしていたが、結局北脇の言うとおりだった。『みんな』は『みんな』じゃない。低評価だった人々のそのまたほんの一部が、たまたまあの口コミサイトに集まっていただけだったのだ。

さすがは北脇さんだなあ。亜季は清潔な源泉掛け流しの大浴場に肩までつかって感心した。北脇は『緑のお茶屋さん』みたいだ。最初は苦くてとても飲めたものじゃないが、いつのまにかその良さがわかっている。

大満足でお湯をあがる。着替えて髪を乾かして、高級マッサージ機でリラックスしながら『ぐるっとヨーグル』を一杯やった。やっぱりうまい。ボトルのフォルムも最高だ。

そうして風呂をあとにし、部屋でごろごろしようと貴重品ロッカーからバッグを取りだしたところで、亜季は今日初めて眉を寄せる羽目になった。

「社用メールを確認したら、代理人さんから思わしくない返信があって」

『……なんで社用メールなんて見たんだ。そもそも週末なんだから、電源を切っておけばよかっただろ』

「そういう北脇さんだって土日、社用スマホの電源を切ってないですよね」

『僕と藤崎さんじゃあいろいろ違う』

「なにが違うんですか」

北脇は黙りこむ。亜季はさっき買った温泉まんじゅうを指でつついて話を続けた。

「メールを見たら、一瞬で気分が仕事モードに切り替わっちゃったんです。いても立ってもいられなくなって、アドバイスしてもらおうと思っちゃって」

『それで電話してきたのか。でもなんで社用スマホじゃないほうに』

「社用スマホの電池がちょうど切れちゃったんですよ」

『……なるほど』

社用スマホの電池が切れたとき、亜季は一瞬迷った。

プライベートの番号にかけてもいいものか。

北脇という男が、私物を誰かに分け与えるという行為を、びっくりするほど重くみなしているのは知っている。ボタン一つで繋がってしまう電話番号なんて、私物中の私物、本当は部下になんて知られたくはなかっただろうし、使われたくもないのだろう。亜季が把握しているのはたんに、冒認出願事件のときにそれしか連絡をとる方法がなかったから、致し方なく教えてもらっただけなのだ。

それでも亜季は、意を決して北脇のプライベートの番号にかけた。冒認出願事件が解決してからも、消せとは言われてない。理屈っぽい北脇が消せと言わないのなら、すくなくとも絶対にかけてはいけないわけではないのだ。

「でも電話、全然繋がらなくて」

結構長いこと鳴らしていたが、通話状態になることはなかった。

そうだよね、と亜季は肩を落とした。土曜の夜だ。女の部下の電話になんて出られないようなプライベートなひとときを過ごしている最中なのかもしれない。そう思ったら、さらに凹んだ。

「というわけで、いろんな意味で涙目になってロビーで座っていたところ、見覚えのある女性が声をかけてくれたんです」

力なく座っていた亜季に、若い女性はにこにこと近づいてきた。

――藤崎さんじゃないですか！　お久しぶりです、今年もお世話に……てどうしたの？

泣いてるの？

　走り寄られて、亜季は戸惑った。いや泣いてはいない、たぶん。そもそもこのひと誰だっけ。なんとなく会ったことがある気がするが——とそこで思い出す。

　南さんの部下の、瓜原（うりはら）さんだ。

　思い出したとたんに、はっと思いついた。この人がいるのならば、もしや南もこの旅館を訪れているんじゃないだろうか？

　予想はばっちりと当たった。

「瓜原さんに、北脇さんと連絡がとれないって打ち明けたんです。そうしたら南さんを呼んでくださって」

『それで南の電話を借りたのか』

「南さんからの着信なら、出てくれるかと思いまして」

『誤解があるみたいだけど、藤崎さんの電話を無視したわけじゃない。気づかなかっただけだよ。もう一度電話してくれたら絶対に出た』

「……本当ですか？」

　亜季はまんじゅうを握りしめた。それはきっと違う。さっき南は言っていた。あいつ、どうしたらいいかわからなくて居留守を使ってるんだよ。付き合いが長い南が言うのなら、そうなんじゃないかと思う。

問題は、『どうしたらいいかわからない』のニュアンスだ。北脇は亜季の着信を面倒がっていたのか、それとも。

スマートフォンの向こうで、息を吐きだした気配がした。

『本当だよ。だから仕事で困ったことがあればこの番号にかけてくれていい。もうこの番号、あげたものだと思ってるから』

え、と亜季は目をひらいた。

「あげたって――」

『それで肝心の、代理人から来てた面倒なメールってなに。特許？　商標？』

心をくれたってことですか、と危うく尋ねそうになったが、『仕事で困ったら』と断りが入っていたのにどうにか気がついて、亜季は姿勢を正した。

まあそうだよね、別にいい。本題に入らせてもらおう。

「実は、『ぐるっとヨーグル』の立体商標の件なんです。アンケート結果を見た代理人さんの感触が、芳しくない感じで。北脇さんにもＣｃで送られていると思うんですが」

『見てみる。……なるほど。確かに代理人弁理士の言うとおり、藤崎さんがとったアンケートの結果じゃ、審査官を説得はできないな』

「でも、いい結果だったんですよ？　男女地域にかかわらず半数以上が、あの容器が『ぐるっとヨーグル』だと認識してる、つまり『みんな』が知ってるって結果だったんです」

ＮＧを出された理由が、亜季には本気でわからなかった。特許庁の審査官に提出する意見書の中核として、立派に通用するアンケートがとれたと自信を持っていたのだ。なのに目に飛びこんできたのは不適の文字。

『みんな、ね』

北脇は一言言った。

『藤崎さん、これは「みんな」じゃない』

「どうしてです。全国どこに住んでいても、男女どちらでも、どんな年齢でも、『ぐるっとヨーグル』を飲むような層はみんな、容器を見れば判別できたんです」

『今、「ぐるっとヨーグル」を飲むような層は、って言ったでしょ。そういうことだ』

亜季が目を瞬かせていると、北脇は言葉を重ねる。

『藤崎さん、十代から三十代の男女にしかアンケートをとらなかったでしょ。なんで四、五十代をはじいたの』

「それは……」と亜季はもごもごと言った。

「『ぐるっとヨーグル』のターゲット世代は、十代から三十代だったからです」

ターゲット世代での認知度が高ければ、それで充分だと思ったのだ。

『つまり言い換えると、四、五十代では望んだ結果が得られないとみて、あらかじめアンケート対象に含めなかった。「ぐるっとヨーグル」の認知度が高くない世代ならば、容器を見たところで当然なんの飲料かなんて回答できない、不利な結果を得ることになる、そう思ったから』

「……はい」

『それが、藤崎さんの「みんな」が「みんな」じゃないって理由だ』

「よく飲む人たちが見分けられるだけじゃだめってことですか」

そう、と北脇ははっきり答えた。

『立体商標の登録は、そこが非常に厳しく判断される。仮に「ぐるっとヨーグル」を飲むような層の全員が識別できたとしてもだめだ。本でウイスキー瓶の事例を見たでしょ。あれはある年齢層の男性での認知度は非常に高かったけど、他の層、たとえば女性にアンケートをとらなかったり、とっても充分な認知度を得られなかったり。だから商標として認められなかったんだ』

今日の『ぐるっとヨーグル』も同じ。

『たとえば五十代以上の男性といった、「ぐるっとヨーグル」なんて絶対に飲まないような層にも、この容器がなんの飲料のものか識別できる、そういう裏付けがなくては審査官を説得できない』

「五十代以上の男性……そんなの、無理じゃないですか」

亜季は泣きそうになった。

ここは温泉街だから、今日だけでもその年代の男性を多く見かけた。しかしそのうちの何人が、裸のボトルを見ただけで『ぐるっとヨーグル』だと答えられるだろう。そもそも彼らは『ぐるっとヨーグル』自体を知らない可能性すらある。

ようやく亜季は、上司たちが登録に至れるかわからないと考えていた理由を悟った。そして自分の仕事が、とても使い物にならないことも。

「……すみません、ちゃんとアンケートすらとれないで、こんなところで遊んでて」

藤柄の浴衣の裾を握りしめる。こんなものを着て浮かれているのが恥ずかしくなってきた。上司たちはこんなポンコツへお祝いをくれたわけではなかったはずだ。

『藤崎さんらしくないな。失敗しても落ちこまない、諦めないのが信条だろ』

「前も言いましたけど、落ちこみはしますよ。それに」

とテーブルの隅に置かれた、電源の入らない社用スマホの暗い画面を見つめる。

「この頃は失敗も怖いです。わたしひとりが痛い目を見るだけならいいですけど、周りに迷惑をかけてしまうかもしれないと思うと」

いつでも期待してほしいのに、なかなか一人前にはなれない。北脇は落胆していないだろうか。亜季に任せたのは間違いだったと考えていないだろうか。

画面の向こうで、北脇がすこし笑った気がした。

『迷惑なんていくらでもかければいい。俺が藤崎さんたちにかけた迷惑を考えれば、カスみたいなものでしょ』

「いえそんな！」と亜季は慌てて言葉を返す。返しながら、ちょっと驚いていた。北脇は今、自分を俺と呼んだ気がする。自宅にいるから気が緩んでいるのだろうか。

「すくなくともわたしは、なにも迷惑なんてかけられてないですよ」

『とにかくアンケートは週明け、対象年齢層を拡大して取り直してみよう。まだ余裕で期日には間に合うから、心配しないでこの件は忘れて、温泉を楽しんでくるといい』

「……北脇さん、やさしくないですか？」

『いつもやさしいけど』

それは知っている。でも今のはなんというか、わかりやすくやさしくないですか、と亜季は思った。今度は言わなかったが。

「ですけど、取り直したアンケート、欲しい結果が出るでしょうか。五十代男性の半数が、『ぐるっとヨーグル』だって答えられるとは思えません」

『そう？　僕はいけると思うけど』

「え、どうしてですか。北脇さん、アンケートはうまくいかないんじゃないかって疑ってましたよね？」

『僕が心配してたのは、五十代よりもっと若い、「ぐるっとヨーグル」が低迷していたころに学生時代を送った層だったんだよ。だけどそこの年代はすでに藤崎さんが、問題なしって証明してくれた』

「……じゃあもしかして、新しいアンケートも使える結果が出ますか？」

『なんとかいける気がするな。「ぐるっとヨーグル」は昔から、それこそ瓶の時代からある商品でしょ。しかもその頃のボトルデザインを踏襲している。高年齢層の男女こそ、わりと容易に識別できるはずだ』

萎れてうなだれていた亜季の胸に、瞬く間に希望がみなぎった。

「そうか、そうですよね！　確かにあのボトル、昔からあったんでした！」

『やってみないとわからないけどな』

「それはそうですけどね！」

さすが北脇だ。もりもりとやる気が湧いてくる。亜季が喜んでいると、北脇はいくらか押し黙って、それから言った。

『ところで旅行楽しんでる？』

「とても！　すっごくいい旅館だし、温泉も気持ちよかったです」

『そりゃよかった。楽しんで。それから長話になって悪かったと伝えておいて』

「え、誰にです？」

軽い調子で訊いたが返事がない。あれ、と思って画面を見やれば、電話は切れていた。

「え、北脇さん？　ちょっと」

呆気にとられてスマートフォンの画面を眺めていた亜季は、ふいに上司の言わんとしたことに気がついた。そういう意味か、そうか。

真っ赤になって、テーブルに突っ伏す。なに考えてるんだろ、あのひと。

「わたしに彼氏がいるわけないじゃないですか……」

温泉に一緒に来る人などいないのだ。それがたとえカップル御用達（ごようたし）の、露天風呂つき客室であっても。

それどころか亜季は当分、誰かを好きになることも、付き合うこともない。たぶん、知財部にいるあいだは。

「そんなことより！」

がばりと顔をあげ、温泉まんじゅうを頬張った。

旅館はとてもいいところだった。いつかまた来たい。ひとりでも、誰かと一緒でも。できれば亜季をかわいいと言ってくれる、亜季を好きだと心の底から思ってくれる人と。

しかし今はそれより大事なことがある。

まんじゅうのかけらを口に放りこみ、さきほど買った『ぐるっとヨーグル』を飲み干すと、よし、と気合いを入れて立ちあがった。

「おはようございます北脇さん！　土曜日は助かりました、ありがとうございました」

月曜日。出社してきた北脇は、すでに出社している亜季を見て軽く眉をあげた。

「今日は早いんだな」

「お弁当を諦めて、早く来たんですよ。本当はすっごいおいしそうなお弁当を作って張り合いたいんですけど仕方なく」

「誰と張り合ってるんだ。熊井さん?」

「まあいいじゃないですか! とにかく今日は早くまとめておきたい資料があったので」

「アンケートの件か。時間はあるから急がなくていいよ」

「そうなんですけど……あ、これ、お土産です」

亜季は中腰になって、『温泉クッキー』なる箱を向かいの席へさしだした。

「いらないって言っただろ」

「わたしからは、ですよね。でもこれ、南さんからなんです」

北脇の眉間にびっくりするほど皺が寄る。気にせず亜季はにっこりと、両手でお土産の箱を押しだした。そんな顔してもだめですよ、北脇さん。南さんからのお土産は受けとり実績あるって聞いてますからね。

「人の部下にお土産を運ばせるなんて、どういう神経してるんだ、あいつ」

思ったとおり北脇はしぶしぶ顔で、それでもわりと素直に受けとった。よしよし。ならばと亜季は次の作戦に移行した。朝早くに来て用意していた資料を手に北脇のそばに立つ。

「クッキー欲しいの？　箱ごとあげたっていいけど」

「違います！　わたしも実はお土産がありまして」

　北脇の眉間の皺がさらに深くなったが、亜季は気にせず続けた。

「といっても仕事の話です。お土産というのもおこがましいんですけど……とにかくこれ、見てください」

　と持参した資料をさしだした。題名に視線を落とした北脇は目をひらく。

「『五十代男女のプレ調査』？」

「はい！　温泉地って、そのくらいの年代の方がいっぱいいるんです。なので空の『ぐるっとヨーグル』を見てもらって、これがなんだかわかるかを手当たりしだいに尋ねまわってみました。結果として五十代の男女とも、半数以上の方が容器を見ただけで商品名を答えられました」

　つまり審査官を説得できるデータは揃ったということだ。

「といっても、これはあくまでプレ調査ですけどね。二十人ちょいにしか訊けていませんし、居住地域も関東一円に偏ってはいます。それでも、これなら本格的にアンケートをとっても、なんとかなるって安心できる結果かなと思いまして」

　一気に喋(しゃべ)って顔をあげると、北脇は信じがたいという顔をしていた。

「まさか土曜、電話を切ったあとずっとこんな調査してたのか？」

「ずっとじゃないですよ！　次の日は朝風呂にも入ったし、おそばも食べたし、それにひとりで調査したわけじゃないんです。南さんの部署にちょうどそのくらいの年代の方が何人かいらっしゃって、お友だちに尋ねてくださったんです。それに社内の街頭アンケート規定も遵守（じゅんしゅ）しましたし……」

北脇は相変わらず眉間に皺を刻んでいる。あれ、ダメだったか？

亜季から徐々に勢いが落ちていき、とうとうしゅんと肩を落とした。

「……勝手して、すみません」

「別に怒ってない」

「いや怒ってますよね」

「全然怒ってない。むしろありがたいと思ってる。確かに正式なアンケートじゃないけど、あるのとないのとじゃ大違いだ」

「本当ですか？」

「本当だよ。実は今日、板東部長と打ち合わせがあるんだけど、これがあれば、おそらくそれなりに説得力のある意見書を出せそう――つまりは板東部長の望みどおり、類似品を排除するための手が打てそうだと伝えられる。正直言って、かなり助かった」

なんだ、よかった、とひとまず亜季は息をついた。

「でもちょっと怒ってますよね？」

「だから怒ってない」

「南さんに手伝ってもらったからですか？」

「違う」

北脇は亜季の渡した資料を机に置いて、ライム色の椅子をひく。

「南の部署は、いつも藤崎さんに世話になってるでしょ。だから今回は藤崎さんを手伝おうって考えるのはおかしくない。あいつに似てお人好しが多いみたいだしな」

「じゃあ――」

「僕が気にしてるのは、藤崎さんの同行者は、藤崎さんが休日出勤みたいなことをしててもよかったのかってことだ。せっかくいい部屋に泊まったのに」

北脇は亜季の返事を待たず、南からのお土産の包み紙をひらきはじめた。きれいにテープを剝がしてひらいた包み紙を、これまた丁寧に折りたたみ、両手で箱をあけたところで、北脇は振り向いた。耐えきれず、にやついている亜季を見て顔をしかめる。

「なに笑ってるんだ」

「だって北脇さん、わたしが誰かと旅行に行ったと思いこんでるからおかしくて」

「……露天風呂つき客室だろ」

「そうです。その豪華な部屋にわたし、ひとりで泊まったんですよ。だから同行者なんていません」

思いも寄らなかったのか、北脇はずらりと並んだ温泉クッキーに、思わずといったふうに目をやった。

「普通は、そういう部屋はふたりで泊まるものじゃないのか」

「近頃はおひとりさまプランていうのがあって、少々割高ですけど一人客にも貸してくれるんです。それに北脇さん、普通ってつまり、『みんな』がそうするって意味ですよね」

「すくなくとも現状、統計的にはほとんどの客がそういった部屋にはふたりで泊まる」

「わたしが言いたいのはそうではなくて」

昨日の別れ際、南は言っていた。

――あいつ、自分の能力には絶対の自信を持ってるけど、素の自分自体にはたいした価値もないって思ってるふしがあるんだよ。自分に人間的な価値を感じるやつは皆無だって。だけど俺は、『皆無』ってほどだとは思わないんだよね。

笑う南に、わかりますと亜季も笑みを返した。

よくわかる。

「わたし思ったんですけど、巷で言うほど『みんな』は『みんな』じゃないですよね。その場その場で『みんな』の定義なんて変わっちゃうし、口コミは偏ってるし、十人以下の官能評価でオーケーな場合もあれば、五十代が入ってないと駄目な場合もありますし。だからわたし、『みんな』の意見なんて、気にすることないんだなってわかりました。参考にはしますけど、流されてもいいことないですよね。だってそれ、全然『みんな』じゃないんですから」

唐突な語りに、北脇は困惑したようだった。

「急になんの話」

「他人がどうだろうとわたしは藤崎亜季なので、わたしがいいと思ったものは、わたしの中では間違いなくいいって話です」

「だからなんの話なんだ」

けむに巻かれているようなので、亜季は笑ってごまかした。

「それはいいとして北脇さん、わたし、もうひとつ気になってることがあるんです」

「なに」

「南さんの電話が繋がったとき、北脇さん、よくわからないことを言ってませんでしたか？　わたしと南さんが交際してるとかなんとか。あれっていったい——」

「どうぞ」

なんだったんですか、と尋ねるまえに、北脇は『温泉クッキー』の個包装の包みを三つ、亜季に押しつけた。

「え、くれるんですか？　三つも？」

「ひとつは南にお土産を運ばされた手間賃。もうひとつは個人的事情を推測したお詫び。

それからもうひとつは」

と亜季の手のうえにクッキーを置く。

「休日出勤のぶん。お疲れさまでした」

言うや北脇は亜季から目を離し、クッキー箱を引き出しにしまいこんでパソコンをひらいた。始業五分前だが、北脇の周りだけは完全に始業後の空気が流れている。

亜季は掌（てのひら）の上のクッキーを、それからメールチェックをしている上司の横顔をぽかんと眺めた。それからひとつ、クッキーの袋をあけて口に放りこむ。

まあいっか。理由がなんだろうと、クッキーをくれたのは事実だ。

それで満足。

軽い足どりで自分の席に戻っていった。

【0003】

それはおまけでも、面倒な雑務でもありません

「残念ですがこのままでは、この製品は、上市できません！」

会議室の机に積みあげられた本とバインダ、そして透明なペットボトルに入ったお茶をまえにして、亜季は意を決して告げた。

「この、『目覚めすっきりお茶屋さん』と名付けられる予定のお茶飲料に用いられている成分は、いくつかの他社特許に抵触している恐れがあります。よってこのまま実施することはできません。特許権侵害となり、最悪訴訟になる恐れがあります」

実施できない、つまりは商品として世に出すことが不可能だと、しっかりはっきり口にした。

普段はみんなの汗と涙の結晶である技術やネーミング、そのもろもろの集大成である商品を守り、世に出そうと頑張っている亜季だから、本当はこんなことは言いたくない。

だが仕方ない。無理なものは無理だと今言わないと、あとで何倍も深刻な事態が降りかかってくる。

「……そんなこと、急に言われても」

青天の霹靂だったのか、向かいで話を聞いている『フロンティア創成課』の若き課長、背野はようやくといったふうにつぶやいた。

と思えば身を乗りだして、苛立った調子で早口でまくしたてる。

「いや困るよ、どうにかしてよ。この『目覚めすっきりお茶屋さん』、猪頭常務のトップダウン案件だって知ってるでしょ」

「それは聞いていますが……」

「だったら実施できないとか簡単に言わないでよ。もう製品化に向けて動いてるんだよこっちは。生産計画も販売計画も立ってる。消費者庁にだって届けでる予定なの。すでにこの案件にはたくさんの人間が関わってるんだよ。わかる？」

「あの」

「わかるよねえ藤崎さん」

「……もちろんわかります」

「じゃあ特許がどうのなんていう些細な話で事業はとめられないのもわかるよね？」

恫喝まがいの粘っこい問いかけに萎縮して、思わずはい、と答えそうになる。この背野、製品開発部時代から大の苦手なのだ。

しかしなにくそと奥歯を噛んだ。ここで亜季がひるんだら負けだ。引き受けたのだから、貫徹しないと。

　それに。

　かすかに顎を持ちあげ話を聞いている隣の北脇を盗み見た。このまま亜季がやられると大惨事が起こる。先日のすったもんだから考えるに、間違いなくこの上司が背野を叩きのめしにかかってしまう。


　数日をさかのぼったある日のことである。

　特許事務所とのビデオ会議に臨んでいた北脇が部屋に戻ってきた気配がしたので、亜季はパソコンに目を向けたまま話しかけた。

「あ、北脇さん、見てくださいよ。帝プラが青々本舗を特許権侵害で訴えたらしいんですけど、それに対するSNSの反応がなんかすごいんです」

「すごいって、どうすごいの」

　北脇は自分のパソコンを会議用机にどんと置き、冷蔵庫から『緑のお茶屋さん』を取って壁際のソファに深く腰掛けた。その雰囲気に、あ、と亜季は気づく。

　これは会議、紛糾したな。

　といっても今さら話題を変えられず、亜季は仕方なく自分が振った話を続けた。

「えーと、訴訟自体は帝プラの作っている『のびーるゴミ袋』って商品に使われた技術の特許権を、青々本舗が侵害したってものです」

帝プラの『のびーるゴミ袋』はその名のとおりに伸縮性の高いゴミ袋で、ヒット商品である。従来品は詰めこみすぎると口がしまらず、せっかく捨てたゴミを別の袋に移動させねばならないという面倒な事態を引き起こすことがあった。しかしこのゴミ袋は口がよく伸びる。それで限界までゴミを詰めがちな人々の救世主となったのである。

『のびーるゴミ袋』はあっというまに市場を席巻し、一時期は他社の類似商品もあわせて、伸びる系ゴミ袋が棚にずらりと並ぶくらいだった。

しかし他社の類似商品は、次々と姿を消した。

「帝プラは、類似商品を出している他社に警告書を送ったんです」

帝プラは『のびーるゴミ袋』の、袋がよく伸びつつもけっして破れなくなるという革新的特許技術を侵害しているとして、類似商品のメーカーすべてに警告書を送ったのだ。

ちなみに亜季は、警告書を今まで二度見たことがある。一度目はゆみの『ふてぶてリリイ』のとき。そしてもうひとつが、『カメレオンティー』のとき。どちらにせよ目にしたとたん、冷や汗をかいて動悸がした。そういうものである。

多くの類似商品を製造していた企業も同じだったのだろう。多くは分が悪いと踏んだのか、あっさりと販売を終了し、市場に流れる伸びる系ゴミ袋はめでたく帝プラの『のびーるゴミ袋』だけに――ならなかった。

一社だけ、警告を無視して販売を続ける企業があったのである。

それが青々本舗だった。

「青々本舗は再三の警告に応じなかったみたいで、それで帝プラは訴訟に踏み切ったようなんです、プレスリリースを読んだ限り」

「別になんてことない、ごく一般的な特許関係のもめ事だな。それに対して『みんな』はどう言ってるわけ？」

北脇は『緑のお茶屋さん』を飲むだけでは収まらないのか、掌に載るくらいのイチジクケーキを自席から持ってきて、苦い薬を飲むみたいな顔で食べはじめた。いよいよ会議結果が思わしくなかったようだな、と亜季は察した。あのケーキはなかなか高価だから、北脇はここぞというときでしか口にしない。今はそのここぞなのだ、おそらく悪い意味で。

「SNSの反応で多かったのは、大人げないというものでした」

「どっちが」

「そりゃ訴えた帝プラですよ。いろんな類似商品が価格競争してくれたほうが、消費者としてはありがたい。なのに特許なんかを振りかざして、他社を潰して市場を独占するなんてひどい、みたいな」

「独占ねえ」

北脇はせせら笑っている。

「他には？」

「あとは――青々本舗って、すごく企業イメージがいいんですよ。人気がある歯ブラシを作ってて、ＣＭ好感度も高くて。それもあって青々本舗に肩入れする人が多いみたいです。青々本舗、いじめに負けるな、頑張ってほしいって。会社の規模も青々本舗のほうがはるかに小さいので、判官贔屓かもしれないですけど」

「不当に青々本舗を潰そうとする、悪の帝プラ、みたいな？」

「一応、帝プラを擁護する意見もありましたよ。特許権を不当に侵害しているのは青々本舗のほう。今まで警告を無視してきたんだから、訴えられるのは当然だって」

「なるほどねえ。で」

と北脇はイチジクケーキの空袋をゴミ箱に捨てて、皮肉な視線を亜季に向けた。

苛々しているからだろうが、問い方が意地悪である。

「藤崎さんは今回、どっちに感情移入してるの？」

しかし亜季は落ち着き払って息を吐いた。

「わたしもヒヨッコじゃないのでちゃんとわかってますよ。これはそういう、正義と悪の戦いじゃないって」

知財紛争は、あくまでビジネス上のやりとりだ。侵害訴訟であろうと、ある種の刑事事件や民事事件のように、明らかに法律を犯した者がいて裁かれるという明快な構造ではない場合が多い。

「へえ。藤崎さんは特許権を持ってるほうの、帝プラに同情してるかと思った。侵害されてかわいそうじゃないか」

「そんなふうには思いません。そもそも青々本舗が本当に帝プラの特許権を侵害してるかなんてわかりませんよね」

「侵害してると確信したから、帝プラは訴えたんだろ？」

北脇は、当然答えをわかっているのに尋ねてくる。亜季を試しているのだ。仕方ない、亜季は試験に臨む気分で答えた。

「帝プラ側は当然、相手が悪いと確信しているし、証拠だって持っているはずです。でも青々本舗だって、問題を大きくしたくなければさっさと発売中止にすればよかったのに、そうせずあえて訴訟にまで話を大きくしたのは、思惑あってのことなんです」

その答えに満足したのか、ぎらぎらした笑みを浮かべていた北脇の表情がやや緩んだ。

「なんだ、ほんとにわかってるみたいだな」

「最初からそう言ってるじゃないですか……」

「確かに今回の件、青々本舗は真っ向勝負を挑んでいる。だからすくなくとも、青々本舗が追いつめられてかわいそうなんて同情は、見当違いも甚だしい。降りるなら、いくらでも降りるタイミングはあったんだ」

自社の権利を侵害しているに違いない製品を発見したとしても、いきなり訴訟になどまずならない。お互い営利企業である。訴えるにしろ訴えられるにしろ、訴訟で勝っても負けても評判は落ちる。争っていると世間に知られていいことなどほぼない。できれば表だって揉めたくない。それがほとんどの知財部の共通認識である。

よってセオリーとしては、まず相手に警告書を送って反応を見る。ジャブを打ってみるのである。ときには特許庁の判定制度なるものを利用して、ちらちらと『侵害してる気がするんですけど～』とアピールする場合もある。

そこで脛に傷を持つ企業ならば、黙ってあっさりと退く。こじらせてもなにもいいことがない。企業イメージを悪化させるだけだ。

「だけど警告書に応じず退かないのなら、理由はふたつ考えられる。ひとつは相手の警告書がまったく見当外れの場合。つまりは侵害の事実などまったくない、訴えられたところで百パーセント勝てるという場合だ」

「でも、今回はそうじゃないですよね。帝プラだって青々本舗の製品を取り寄せて分析して、絶対侵害してると確信を持って訴えてるはずですから」

帝プラは、もし訴訟になった場合自社に有利にことが進むような証拠をあらかじめ用意しているはずだ。それがわかっていても、青々本舗は警告を突っぱねて、訴訟に突入するしかない状況にした。

「であれば答えはほぼひとつ」

なんだと思う、と言いたげな視線を向けられたので、亜季は自信を持って答えた。

「青々本舗は、訴えられたところで勝てると思ってるんですよね。勝てるというか、負けないというか」

「なぜかというと――」

「侵害を訴えている帝プラの特許権が、そもそも無効だと確信しているからです」

北脇の目が細まる。満足げだ。よし、と亜季はひそかにガッツポーズをする。一、二塁(るい)間を抜けた。間違いなくヒットだ。

そうなのである。なにも青々本舗は右往左往して訴訟の日を迎えたわけでも、パクリ上等と開き直っているわけでもない。

帝プラの特許が本来は特許に値(あたい)しない――つまりは無効であるならば、そもそも侵害だなんだという争点すら消えて、侵害訴訟は意味をなさなくなる。権利があるからこそ帝プラは大手を振って警告書を送れていたわけで、権利が消えたのなら、どれだけ青々本舗のゴミ袋がパクリであっても関係ない。法的な根拠がないのに取り締まりなどできないからだ。

この一点突破を狙っているからこそ、青々本舗は甘んじて訴えられている。

「あれですね、企業間の知財のいざこざって、巷(ちまた)で思われてるほど感情的なものじゃないですよね。もっとなんというか、不敵な笑みを浮かべた人間が向かい合ってるみたいな」

「会社視点で見るとそうだな。どちらの会社でも、知財部員は勘弁してくれと思ってるんだろうけど。いや、ここぞとばかりにはりきるやつもいるか」

北脇はここにきて初めて笑みを見せた。

「訴訟に至ってしまったのは結局、双方がそれぞれ勝ち目があると考えてるからだ。それは裏を返すとどちらが勝つか、はっきりとは予想できないって意味でもある。僕が当事者なら嫌すぎるな。かといって対外的には突き進むしかないんだけど」

「これ、どっちが勝つと思います？」

「どっちも勝たない。十中八九、ある程度のところで和解する」

「北脇さんがよく言う、あくまでビジネスってやつですね」

「そういうこと。完全に勝ち負けがつくまでやったら、判決が公になってしまう。それよりは和解して、和解条件は世間にうやむやにして仲直りを演出したほうが、結局は企業イメージが傷つかない」

だけど、と北脇は思い出したように大きく嘆息して、投げやりに言った。

「そこまでやってようやく手打ちも、僕はごめんだな」

「争いごとなんてないに越したことはないですもんね」

「そう。穴を塞いで、相手の動向を見極め先手を打って、事故を未然に防ぐのが僕としては理想の立ち回りだな。もっともそういう仕事は外野からだと無風に見えるから、なんにも仕事をしてないとか、意味のない作業をしてるだけだと勘違いする馬鹿(ばか)もいるけど」

馬鹿、という一言にやたら感情がこもっている気がする。どうやらさきほどの、紛糾した会議の件を思い出したらしい。

そろそろ訊(き)いてもいいだろうか。亜季は帝プラと青々本舗のニュースが映った画面を閉じて、椅子(いす)を回してソファの北脇と向かい合った。

「さきほどの会議って、又坂(またさか)国際特許事務所とのものでしたよね。なにか思わしくないことがあったんですか」

「かなり思わしくなかった」

北脇は『緑のお茶屋さん』をもてあそびながら口元だけで笑った。目は全然笑っていない。怖い。

「『目覚めすっきりお茶屋さん』、このままじゃ発売できなそうだ」

「え。……まじですか」

あまりに驚いて、上司相手に思わず「まじですか」などと訊いてしまった。事実であれば、かなり面倒な事態になってしまうのではなかろうか。

そもそもこの『目覚めすっきりお茶屋さん』を開発しているフロンティア創成課は、結成当初からかなり立ち位置が微妙だった。

というのも、営業出身で月夜野ドリンク初の女性常務、猪頭の鶴の一声で結成された経緯上、組織図的には製品開発部と別系統、営業本部よりなのである。

月夜野ドリンクの飲料開発は、おおむね生産本部直下の製品開発部が手がけてきた。しかし昨今の機能性飲料ブームにやや乗り遅れたことを危惧した猪頭が、機能性飲料や斬新な発想の飲み物を開発する専門部署を作るべしと提言して、自ら結成に乗りだした。それがフロンティア創成課だ。

よって製品開発部部長の高梨は、フロンティア創成課の設立過程にはほぼ手が出せないまま、開発能力のある開発者を引き抜かれる事態になった。当然よく思っていない。

それでもフロンティア創成課の課長におさまった若き開発者、背野がうまいこと高梨と連携を取ればよかったのだが、残念ながら背野と高梨はもともとそりが合わない。

聞くだに関わりたくない案件である。大変だなあ。

などと外から眺めていた亜季だったのだが、ここに至ってまったく他人事ではなくなってしまった。

とにかく機能性緑茶飲料を月夜野ドリンクからも発売する。そんな猪頭の強力な意向のもと、ついにフロンティア創成課は製品候補第一弾となる『目覚めすっきりお茶屋さん(仮称)』を作りあげた。これを飲んで寝ると、朝の目覚めが大変すっきりするという品である。

ものとしては出来がよく、猪頭は大々的に発売するよう社長に進言した。そしてトントン拍子に製品化の話や、国の審査を受けて機能性飲料として売り出す準備が整っていった。

知財部を置き去りにしたまま、である。

そこが大問題だった。

新しく機能性飲料が出るらしい。そんな噂(うわさ)を聞いたとき、知財部は騒然となった。たったの三人だが、まさしく騒然とした。そんな話、一切聞いていないのだが。

新たな製品を世に出すまえには、必ず侵害予防調査を行わねばならない。その製品がもし他社の特許を踏んでいたら、スルーするわけには絶対にいかないからだ。

慌(あわ)てて課長の背野に、組成物の詳細やら分析データやらを回してくれるよう頼んだ。しかし背野は何度メールしようと電話しようと、なかなかデータを送ってくれない。亜季が罵倒(ばとう)覚悟で頼みにいこうと、熊井(くまい)が足を運んでさえも、「やっておきますね」と言うだけでまったくやらない。

嫌な予感がする。

そう知財部の誰もが思いながら催促することしばらく。ようやく背野がデータを寄こしたのは、製品化が決定する直前だった。

そして嫌な予感はどんぴしゃり。急いで侵害の有無を確認した結果、『目覚めすっきりお茶屋さん』が他社の特許を踏みまくっている可能性が浮上したのである。

「まじだよまじ。又坂先生もお手上げだそうだ」

怒り収まらぬのか、北脇は今度は引き出しからハラダのラスクを持ってきた。北脇秘蔵の一軍菓子がマシンガン継投のごとく次々と消費される事態に、亜季の背もうすら寒くなってくる。

「『目覚めすっきりお茶屋さん』が侵害してるかもしれない特許って、四つくらいありましたよね」

「五つ」

「えっと、五つ。その五つを『侵害してるかもしれない』じゃなくて本当に侵害しちゃってるかどうか、北脇さんは調べてたんですよね」

侵害予防調査でざっくりとグレー判定が出た特許権を本当に侵害しているかは、気合いを入れて調べなければ結論を出せない。他人の陣地を踏んでいるかいないか、どちらと判定されるかで製品や会社の未来はまったく変わる。おいそれと白とも黒とも言えないのだ。

それで北脇は、当該特許と自社製品に使われている技術を細かく比較しはじめた。技術の問題だから、本来なら知財部員だけでなく、誰より技術について理解している技術者の協力が必須なのだが、ここでも背野は非協力的で、北脇はかなり頭にきていたようだ。

「結局侵害の恐れがあったうち、ほとんどは問題なしって結論だったんでしたっけ」

「そう。本気でまずいのはひとつだけだった。まあひとつでもあれば、それでアウトなんだけどな」

精査の結果、ぎりぎり白だったのが四つ。しかしとある他社特許――ここではA特許と呼ぶ――だけは、どう頑張って理屈をこねても、『目覚めすっきりお茶屋さん』が侵害している事実は動かせない。

これは最悪の状況だ。

他社の特許を侵害しているまま『目覚めすっきりお茶屋さん』を売り出せば、トラブルが起こる可能性が非常に高い。このA特許を保有している同業他社は、侵害に気がつけば間違いなく販売差止を要求してくるだろうし、もし相手方に気づかれなくとも、権利侵害を認識しながらしれっと売り出すなど、会社の姿勢としてはいかがなものか。

というわけで仕方なく知財部は回避策に走ることになった。といっても『目覚めすっきりお茶屋さん』がA特許の権利を侵害してる事実は動かせないから、北脇は搦め手を用いて攻めようとしたのである。

どうしても相手の特許権侵害を回避できないなら、次の手として逆転の発想をする。すなわち、相手の特許がそこに壁として存在するからいけないわけで、そもそも壁を壊してしまえば問題は消える。

「北脇さん、A特許を無効にしようとしたんですよね」

一般的に、知的財産の権利を得られるか否かの判断は、意外にひっくり返るものである。

誰かが『その判断おかしくないですか』と特許庁に訴えれば、商標でも特許でも、審査の過程で一度拒絶されたものがひっくり返って登録になったり、登録になった権利が裁判などで無効となったりすることはよくある。

審査しているのは人間の審査官だから、判断や解釈を誤ることもあるのだ。瑕疵があって本来権利に値しないものが、うっかり見過ごされて登録されていることもままある。

だから書類の書き方だとか、先行文献との被りとかいう『ほらこの発明、特許に値しないでしょ』と言い張れる証拠を重箱の隅をつつきまくって探しだせれば、今回のような場合はかなり優位に立てる。

もちろん声高に、『お前の特許無効だろ』なんて言いだしたりはしない。ただ黙って証拠を集めて、特許を見極める技術と訴訟に対する専門性を持った弁理士のところに持っていく。そして集めた証拠が、確かに相手の特許を無効にできるか鑑定してもらう。

ここでめでたく『無効化できるよ』とお墨付きをもらえればしめたものだ。

そのまま堂々と発売すればいい。表面上は他社技術をパクったような形のまま、自社商品を売り出してしまうのである。

そしてもし相手がパクリだ権利侵害だと難癖つけてきて交渉することになったら、そこで初めて銀の弾丸、つまり相手の特許を無効にできる証拠を満を持して出すわけだ。

おそらく帝プラと青々本舗の争いも、水面下ではこんな感じで推移している。青々本舗はすでに、帝プラの特許を無効化できる証拠を持っているはずだ。一方帝プラ側もその証拠をくつがえせると判断したからこそ、両者甘んじて訴訟に至ったのである。

北脇も同じように、又坂国際特許事務所の又坂弁理士に集めた証拠を渡して、A特許の無効鑑定を得ようとしたはずだ。鑑定さえゲットできれば、すくなくとも今はリスクは低いものと判断し、『目覚めすっきりお茶屋さん』を発売できる――はずだったのだが。

「……無効鑑定、取れなかったんですね」

亜季がそっと尋ねると、「そう」と北脇はラスクの袋をあけながら、忌々しげにつぶやいた。

「最初から厳しいとは思ってたんだけど、やっぱり駄目だった」

「それは残念です。でもだったらどうするんですか」

「無効鑑定が取れないのなら、もう僕ら知財部ができることはない。普通ならライセンス契約して、堂々と技術を貸してもらうって手もないわけじゃないけど、今回は相手が悪すぎる」

「ですよね……」

そうなのである。『目覚めすっきりお茶屋さん』が思いっきり侵害しているA特許を所持しているのは、あの企業。

「相手がハッピースマイルじゃ、社長は絶対ライセンス契約なんて許可しませんよね」

冒認出願事件のときさんざんやりあったハッピースマイルに、社長の増田が頭をさげるわけがないのである。

つまり、もはや打つ手なし。

「……どうしますか」

そろりと訊くと、北脇は放るみたいに答えた。

「もちろんこのまま事業は進められない旨は、フロンティア創成課に伝える」

「他の部署や、猪頭常務には伝えなくてもいいんですか。もう製品化に向けて動きだしてるんですよね」

「それは僕らの仕事じゃないでしょ。フロンティア創成課の課長が頭をさげればいい」

北脇は冷たく言って、ハラダのラスクをかじった。

「そもそもこんな状況に陥ったのは、背野課長が早い段階で僕らに相談しなかったからだ。どうやっても回避できない特許があるとわかっていたら、いくらでも事業を修正する余地はあった。なんで相談しなかったのかは知らないけどな。僕への個人的な嫌悪感ゆえか、知財を軽んじてるのか」

たぶんどっちもである。そういう人なんですよ、あのひと。

と告げたいところを抑えこんだ。亜季も、背野という男には思うところがいくらでもあるのだが、ここで北脇の怒りをさらに焚きつけても仕方ない。

「とにかく、まずは背野課長に事業計画の見直しは避けられないと納得してもらわないといけないな」

見るからに腰の重そうな北脇を見て、「あの」と亜季は声をかけた。

「わたしが説明します。背野さんとは、製品開発部時代に面識があるので」

北脇はラスクをかじる手をとめて、亜季に視線を向けた。

「仲がいいの」

「……まったくそういうわけじゃないですけど」

「だったらいい。これは楽しい仕事じゃない」

「それでもやらせてほしいんです」

と亜季は頼みこんだ。楽しい仕事ではないのはわかっている。だからこそ引き受けたいのだ。

今まで亜季は、誰かの汗と涙の結晶を守る仕事しかしてこなかった。それだけをすればいいように、上司ふたりがある意味守って育ててくれていた。だが知財部の仕事とは、ときには誰かの汗と涙の結晶を壊すこともあるものだ。一人前になるためには、そういう後ろ向きの仕事だって経験しないといけないはずだ。

それに。

いつでも北脇ばかりを悪者にするのは、もう嫌なのだ。

「でも藤崎さん、同情しちゃうだろ。頑張って作ったものをだめだと言われたら、誰だって嫌な気持ちになる。そういうの、嫌なんじゃないの」

「大丈夫です。わたし、いろんな意味で背野さんにはそもそも感情移入できないですし、それにここはひるんじゃいけないところですよね」

北脇はしばらく考えて、「わかった」と答えた。

「じゃあ任せる。だけど話がこじれそうになったら、躊躇なく口を挟むからな」


忙しいだのなんだの言っている背野から、亜季はなんとか約束をとりつけた。そして会議室で北脇とふたりで待っていると、背野は五分遅れで現れた。

ひとりではなく、課長代理の水口も連れている。いや実際は逆で、水口が背野をなだめすかして連れてきてくれたのだとわかっていたから、亜季は水口に小さく会釈した。

水口のことはよく知っている。なにを隠そう、製品開発部時代の直属の上司だった人だ。優秀なのに貧乏くじを引きがちで、今回も年下の背野の下につかされて、さぞ苦労しているだろう。

しかし水口へ同情している場合ではない。

亜季は気合いを入れて事実を告げた。このままでは、みなさんが開発した『目覚めすっきりお茶屋さん』は発売できません――。

だが背野は事実に背を向け、かつ『特許程度で事業はとめられない』と言い放ち、知財部の仕事を小馬鹿にしはじめる始末。

正直言ってむかむかとする。亜季は顔をしかめて言いかえした。

「特許程度と仰いますが、まったく逆です。本来は、特許をはじめとする知財がクリアになって初めて、事業にゴーサインが出るものなんです」

「自意識過剰だなあ。知財部ごときに、事業をとめる権限があると思ってんの？　なにも生み出してないでしょあんたら」

「ごときって――」

さすがに我慢できなくなってきて、亜季は売り言葉に買い言葉を放とうと息を吸った。

しかしそこで水口が、絶妙なタイミングで口を挟んでくる。

「確かに、僕らがもっと早く調査してもらうべきだった。そこは大変申し訳ない」

と亜季と北脇に向かって深く頭をさげる。それから静かな声で続けた。

「だけど藤崎さん、この製品は発売に向けてすでに動いてしまってるんだ。できれば計画どおり発売したい」

なにを言っているんだろう、と亜季は戸惑った。

「わたしたちもそうしたいのはやまやまですが……」

「だから申し訳ないけど、僕らの開発した製品が本当に他社の特許権を侵害してしまっているのか、もう一度精査しなおしてくれないか。我々もなるべく協力するので」

ふんぞり返った背野の隣で、水口は再び深く頭をさげる。

思いも寄らぬ提案に、亜季はますます困惑した。

もう一度調べ直す？

気持ちはわかるのだ。製品化まで秒読みなところからひっくり返されるのがどれだけつらいかは、亜季だって『カメレオンティー』のときに骨の髄まで思い知っている。

だが無駄だ。もう一度調査したところで、結果が変わる可能性は限りなく低い。

「水口さん、お気持ちはすごくわかるんですが……」

亜季は迷った。水口の意見を受けいれるかどうかではなく、どう断るか悩んだ。結論ははじめから出ている。

しかしである。

今までむっつりとして話を聞いていた北脇が、突如にこやかに口をひらいた。

「いいですよ。それでは調査をやりなおしてみましょうか」

え、と亜季は目を剝いた。上司は嘘くさい笑みをたたえて指先を合わせている。

「簡単には諦められないというお気持ち、我々も理解します。これは月夜野ドリンクが満を持して放つ、高付加価値飲料になるはずの製品ですものね。わかりました、わたしのほうで今一度、精査してみます」

とたん水口は、ほっとしたように頭をさげる。

「本当ですか！　ありがたい、よろしくお願いします」

「いやでも北脇さん——」

「そうしましょうね、藤崎さん」

「え、あ、はい……」

有無を言わさぬ笑みが飛んできて、亜季はあっさり引きさがるしかなかった。

これ幸いと、背野は大きく嘆息しながら席を立ち、北脇が用意した資料を机のうえに置き去りにしたまま扉に向かう。

「じゃあそういうことで。次はもっとまともなデータ持ってきてくださいよ。こっちは会社の将来を決める、実のある仕事が目白押しで忙しいんだから」

「ええ、お手数をおかけしました」

その背中を、やっぱりにっこり笑顔の北脇が見送った。水口はひどく申し訳なさそうに会釈をして、こちらはちゃんと資料を携え立ちあがる。背野の資料も回収しようとするから、亜季は急いで腕を伸ばしてぶんどった。

「わたしが渡してきますから」

男性陣にぴしっと言い置くと、背野を追いかけ大股で会議室を出る。

苛々する。北脇はなぜ急に、あんな下手に出たのだ。やっても意味のない作業をあっさりと引き受けたのだ。当然なにか理由があってのこととは思うが、それはそれとして背野には一言言ってやらねば気が済まない。

「背野さん、資料をお忘れです」

どうにか追いつき背中に声をかける。背野はにやにやして振り返り、もったいぶった仕草で資料を受けとった。

「藤崎さあ、そんなに短気だったっけ？　上司に似てきたんじゃない？」

じゃ、と背野が去ったあとも、しばらく亜季は怒りに耐えていた。なにあいつ、なにあいつ、なにあいつ！

ようやく深呼吸をして会議室に戻ったときには、思ったよりも時間が経っていたらしく、すでに部屋の片づけをしている北脇しかいなかった。

「すみません。わたしがちゃんと、水口さんの提案を断らなきゃだめでした」

しょんぼりと片づけを手伝いはじめると、書類の角を揃えていた北脇はあっさり返した。

「なに言ってるんだ。むしろ水口さんは助け船を出してくれたんだよ。あれ以外の落としどころ、なかったでしょ」

「……そうでしたか？」

知財部としては、今さらいかんともしようがない決定を、再度こねくり回す羽目になっただけの気がするが。

「いきなりだめと言われて、はいそうですかと納得できる人間はそうそういない。受けいれるのには時間が必要だ。あのままじゃ背野課長、絶対に首を縦に振らなかったでしょ」

「……とすると水口さんの提案は、一度間を置いて背野さんが受けいれられる余地を作ってから、もう一度説得してくれないかって意味ですか」

「そういうこと。今喋ってみた感じ、水口さんはものわかった人だったよ」

なるほど、と亜季は思った。賢い水口がいったいなにを言いだすのかと驚いてしまったが、そういうことだったか。

「なんだ、じゃあ本当にもう一度調べるって話じゃないんですね。調べたふりをして、またあらためてってだけで」

よかった。北脇はただでさえめちゃくちゃに忙しいのに、またしても仕事が増えてしまったら困ると思ったのだ。

「いや、ちゃんともう一度調べるよ。鑑定もあらためて又坂所長に頼む」

「え、なんでですか！　調べたふりをすればいいじゃないですか」

「それじゃだめだ」

「……どうしてです」

北脇は山積みの資料を全部抱えようと身をかがめた。亜季が手を出そうとすると、必要ないと遮られる。

「理由はふたつ。日本では、えてして結果より過程が大事だからだ。『だめでした』より、『一生懸命やりました、でもだめでした』のほうがなぜか受けいれられやすい。だめなのはどっちも同じなのに、無駄でもいいから頑張ったほうが評価される。だからみんな、無駄な努力でもとにかくやったんですとアピールする」

「……北脇さんって、そういうことしないイメージでした」

「それはどうも。理由はもうひとつあって、僕が重視しているのはそっちだ」

と北脇は勢いをつけて資料の山を抱えあげた。

「開発者からしたら、『発売できない』なんて言い渡してくる知財部は、敵みたいなものでしょ。自分たちではなにも創っていないからこそ、簡単に無理と言い渡せるんだと思われるわけだ。だけどそう思われるのは不本意だ。だから彼らのために一肌脱ぐのは意味がある。僕らは敵じゃない、いつも寄り添っていると伝えられるからな」

資料が予想より重かったのか、北脇はすこし顔をしかめる。

その横顔を、亜季は盗み見た。

北脇さんって、ほんとはわりといいひとなんだよね。

人間関係をものすごくドライに切り分けて、厳密なギブアンドテイクで動いているように見せかけているが、実のところはそうでもない。こういうときに本音が滲みでる。

ほのかな願望が、泡のように心の底から浮かびあがる。亜季はそれをひとつひとつ丁寧に潰して口をひらいた。

「確かに寄り添うのは大切だと思います。でもやっぱり今回は、わたしがちゃんと終わらせなきゃいけなかったんです」

「へえ、珍しいな。誰かの努力の結晶を砕くのを、いつもはすごく嫌がってるじゃないか。今回に限っては割り切ってるんだな」

「だって北脇さん、もう一度調べなきゃいけなくなっちゃったじゃないですか！　忙しいのに」

こういう事業の可否を左右する繊細な調査は、まだ亜季にはうまく手伝えない。熊井も専門外だ。だから今回も忙しい北脇がほぼひとりで、しかも製品化が差し迫っているせいで信じられないくらいタイトなスケジュールで懸命に回避策を探していた。

「なに、心配してくれてるの」

まさか、とでも言いたげに鼻で笑うので、亜季は意地になって、北脇が抱えた書類の山のてっぺんから厚い封筒をぶんどった。

「そうですけど。それに背野さんって、こっちが譲歩するとこれ幸いと増長するタイプですよ」

「ああそうか、つまり藤崎さんは背野課長に思うところがあるんだな。それで今回は対応がドライだし、譲歩する羽目になって怒ってると」

違います。確かに背野さんは好きじゃないですけど、北脇さんが心配だからって今言いましたよね。

よっぽど言いかえしたかったが押しとどめた。そっちの理由は、あえてスルーされてるみたいだし。

「背野さんに思うところがある人は、いっぱいいると思いますよ」

「でも猪頭常務は、自分の部署のトップは背野課長しかいないって指名したんだろ」

「背野さん、上に気に入られて下に嫌われるタイプの人間ですから。今回の課長職だって、本当は水口さんが推薦されるはずだったんです。でも背野さん、猪頭さんのお気に入りだから」

「なるほど。それで開発能力もないのに課長職におさまったと」

「いえ、能力はそこそこあるんです。だからこそ厄介(やっかい)なんです」

「そこそこ仕事ができて、上に気に入られるよう取り入ることができる。一番出世するタイプだな」

「製品開発部の高梨部長は、背野さんのそういうところ見抜いてました。でも猪頭さんは常務だし、開発出身でもないから」

「騙(だま)されてしまったと」

「はい」

よくある話だな、と北脇は遠い目をした。

「そういう上昇志向で上に取り入るやつは大概、気に入らない人間を卑怯な手を使って蹴落とす」

「まったくそのとおりです」

「藤崎さんも理不尽な扱いをされたの」

「わたしは大丈夫でした。でも柚木さんが」

「『カメレオンティー』開発者の柚木さやかか。そういえば彼女、直属の上司の嫌がらせに悩んでいたんだったか」

「その嫌がらせ上司が、まさに背野さんだったんです」

「優秀な部下に嫉妬した？」

「それもありますけど、背野さん、柚木さんの発明に、共同発明者として自分をねじこもうとしたらしくって」

「……発明に関わっていない人間を発明者に加えたらまずいだろ」

「ですよね。名義貸しみたいなのは絶対に認められません。でも背野さん、知財に対しての認識がアレじゃないですか。だから断った柚木さんを逆恨みして、些細な嫌がらせを積み重ねて。でも背野さんって上の人には朴訥な好青年キャラで通ってるので、それで柚木さん、すごく悩むことになって」

「だから藤崎さん、背野課長に怒ってるんだな。当然の怒りだ」

北脇は得心したようだった。

「それだけじゃないんです」

亜季は封筒とパソコンを重ねて小脇に抱え、鍵を手に取り扉へ向かう。

「あの頃柚木さん、背野さんの嫌がらせのせいで、わたしたちのフロアの複合機を借りてたんです。そしてご存じのとおり、それが五木さんが冒認出願事件を起こすきっかけとなってしまった」

「つまり、もし背野課長が柚木さやかに嫌がらせをしなければ、冒認出願事件なんて起こらなかった。……五木耕司も妙な気を起こさず、真面目に働き続けていたはずだ、と」

「はい」

あんなふうに理不尽に、北脇が追いつめられることもなかったのだ。

北脇は黙りこんだ。亜季が電気を消して鍵をかけるあいだ、黙って廊下に立っていた。

上司が律儀に待っているのは初めてで、亜季は落ち着かない気分になった。いつもなら『さきに行ってるから』と言い置いて、さっさと帰るのに。

「じゃあわたし、鍵を返してから戻るので」

気まずく背を向けようとすると、呼びとめられる。

「藤崎さん」

「あの、わたし！　別に五木さんのことは全然、まったく、引きずってませんから！」

先回りして言えば、北脇は「そうじゃない」と笑った。

「あの件、藤崎さんにまったく非はない。だから引きずる必要もない。僕が訊きたいのは水口さんの連絡先だよ」

え、と顔をあげた亜季に、北脇は「僕のところにメールで送っておいて。よろしく」と告げるや、今度こそさっさと戻っていった。

ほんとはなにを言おうとしてたのかな。

狐（きつね）に化かされたような気分になりつつ、亜季も鍵を携え歩きだした。


北脇は宣言どおり、再調査したふりなどはしなかった。各種書類やら応答やらの締め切りに追われまくっているところに無理やり仕事をねじこんで、真面目に調査をしなおして、又坂所長にも再度鑑定を頼んだ。

そこまでされたら、背野も突っぱねるわけにはいかなかったのだろう。

二週間後、まったく同じ結論を伝えたところ、今度は背野も渋々ながら納得した。

「わかったよ。とにかく今の仕様じゃあ発売できないってことね。うちのメンバーにも伝えておきます」

がしかし、問題はむしろここからである。

『目覚めすっきりお茶屋さん』は、すでに発売に向けて動きだしている。もはやフロンティア創成課だけに報告したところで事態は収まらない。役員クラスや部長クラスの人間に、事業をとめねばならない理由を洗いざらい説明して、納得してもらわねばならないのだ。

その説明を知財部と背野どちらが引き受けるかというところで揉めに揉めた。

そして背野は、

「社長や常務に報告するのは、そっちでやってくださいよ。事業潰したのは、そっちなんだから」

と言い放ったのである。

「——まったく譲ってくれなかったね、背野君」

知財部に戻るや、同席していた熊井が肩を落とす。亜季は鼻息荒く言った。

「なんでわたしたちが引き受けなきゃいけないんですか。そもそも背野さんがもっと早く製品の詳細を伝えてくれてたら、こんな事態にはならなかったんです。背野さんの責任ですよ」

昼食で食べ残していたおにぎりをぱくぱくと口に詰めこむ。背野との決戦を控えた緊張で喉（のど）を通らなかったのが、今は怒りのままにどんどん胃に収まる。

「なのに北脇さん、またあっさり引き受けちゃうんですもん」

「仕方ないでしょ」

と向かいの席で『夜のホっとコーヒー』を傾けて、北脇はなんてことのない顔をした。

「背野課長が今回の経緯をまともに説明できるとも思えないし、あのひとに任せたら、あることないこと言われて知財部の落ち度にされかねない。だったら僕が説明役を引き受けたほうが数億倍ましだ」

「……それじゃ知財部が悪者にならなくたって、北脇さんが悪者になるじゃないですか」

「なにか言った？」

「なんでも」

と亜季はおにぎりの最後のひとかけらを口に放りこんだ。むかむかする。北脇は親会社からの出向者で、ある意味責任を押しつけやすい人間なのだ。だから本当は矢面に立たせたくない。

だが今の亜季には、これが事業中止さえ考慮に入れねばならないほどリスクが高い事案だと、上層部に正確に説明できる力はまったくない。北脇の代わりには絶対になれない。それが悔しく腹立たしい。なにかできること、ないのだろうか。

「僕が説明するって言ってるのに」

熊井も同じく思っているのか、再三そう促すものの、北脇は聞く耳を持たなかった。

「ありがたいですが、僕の調査の結果ですから、僕の口から話すほうがよいかと」

「だけど」

「では根回ししておいていただけませんか。冒認出願事件もありましたし、おそらく背野課長とフロンティア創成課に入れこんでいる猪頭常務以外のほとんどの方が、現状を理解してくださるかと」

「それはそうかもしれないね。わかった、じゃあさっそく――」

「でしたらすこし、ご相談したいことが」

と北脇は、今にも出ていきそうな熊井を引き留めた。そばに寄って、なにやら小声で話しこむ。

ときおり熊井の相づちだけが、亜季の耳に届いた。

「え、そうなの？　大丈夫？　……いや構わないよ。もちろん僕は君を信頼してるから、好きにやってくれていい」

好きにやる？　亜季は不安になってきた。北脇は説明の席でなにをするつもりなのか。

熊井が出ていくと、北脇はいつもどおりの顔で自分の席に戻ってキーボードを叩きだす。

亜季は不安になって尋ねた。

「……なんの話だったんです」

「藤崎さんは、もうこの件から手を引いていい。猪頭常務への説明の場にも出なくていいから」

たいしたことがないように答えられて、亜季はぽかんと口をあけて、それから思わず言いかえした。

「なんでですか。わたしがいても意味がないからですか。わたしってそんなに力になれない、役に立たないヒヨッコですか」

むしょうに悲しく、悔しくなってくる。と、キーボードを叩く音がふいにとまった。

「そうじゃない」

「だったら――」

「このあいだ、木下さんが感謝してたよ」

「なにをです」

「金鼻酒造の謎の新商品、あったでしょ。あれは藤崎さんの見立てどおり、高級志向のフレッシュバナナジュースだったんだ」

「……そうだったんですか」

「早めに対策を打てたおかげで、うちの『ジュワっとフルーツ　プレミアムバナナ』は有利に販売できているそうだ。『ジュワっとフルーツ』と言えば、藤崎さんがまとめた『プレミアムメロン』関連の出願も、初めてだとは思えないほどよくできていた。無事、特許されるといいな」

亜季は目を見開いた。北脇がここまで褒めてくれるのは、冒認出願の一件以来のことだ。

「まえにも言ったけど」

パソコンの向こうから声が響く。「僕らはときに、誰かの汗と涙の結晶を壊さなくちゃならない。恨まれる仕事だ。そんな仕事に藤崎さんは関わらなくていい。今ここで猪頭常務に嫌われてほしくない。猪頭常務は優秀で、力があって、女性だ。藤崎さんは今後猪頭常務を、強力な味方にするべきなんだから」

「よく……わかりません」

亜季はやっとのことで言いかえした。

「わたしはペーペーの平社員です。常務はわたしなんて目にも留めないだろうし、万が一別に嫌われたところでどうでもいいです。わたし、出世欲なんてないし――」

「なに言ってるんだ」と北脇は呆れ声で諭す。「出世してもらわないと困る。藤崎さんは将来、この月夜野ドリンクの知財を背負って立つ人材だ」

「わたしそういうの全然興味ないです」

「だったら認識をあらためてくれ。背負ってもらうつもりで、月夜野ドリンクは藤崎さんを知財部に異動させたんだし、熊井さんも僕も、そういうつもりでいろんなことを教えてる。なのにこんなところでけちがついたら、出世に障る」

亜季が答えられないでいると、北脇は「まあ今のは半分事実で半分プレッシャーをかけただけだから、本気にしなくてもいいけど」とからかうように付け加えた。

「だけど、藤崎さんに変に敵を作ってほしくないっていうのは本当だ。同じ理由で、僕は熊井さんにも矢面に立ってほしくない。だから今回は、僕がひとりで猪頭常務を説得する。それは藤崎さんや熊井さんを信頼していないからじゃなくて、僕がしょせんは外部の人間だからだ。今回に限らず、悪者になるのは僕だけでいい。そうすれば月夜野ドリンク知財部の心臓は守られるでしょ」

「……ですけど」

心臓とはなんだ。北脇は自分をなんだと思っているのだ。

「大丈夫、今回はたぶん、猪頭常務以外は納得してくれる。みんな冒認出願で痛い目見てるから、侵害を押してでも実施しようと考える人間はまずいない、僕が首を切られるってことはまずない」

北脇はあっけらかんと言う。

しかし問題は、その猪頭なのだ。

猪頭は敏腕営業だった。経営不振にあえいでいた頃の月夜野ドリンクがどうにか持ちこたえられたのは、猪頭がいたからこそだったのだ。だから今でも増田社長は、彼女に頭があがらないと聞く。猪頭が納得できなければ、北脇の首が飛ばない保証はない。

もちろん本来の猪頭は頭が切れる優秀な女性で、北脇の理が通った説明を感情で突っぱねる人間ではないはずだ。

だが背野がいる。あの男は北脇みたいにストイックではない。自分の落ち度を隠蔽しようと、知財部に全責任をなすりつける話をでっちあげるかもしれない。それを信じこまされた猪頭の怒りを鎮めるために、結局社長は、北脇になんらかの責任をとらせる羽目になるかもしれない。

そんなの絶対嫌だ。

亜季は息を吸った。再びキーボードを打ちはじめていた北脇に、意を決して告げた。

「北脇さん、わたしは仰るとおり半人前ですけど、だからこそいつでも北脇さんの味方でいたいんです」

また打鍵の音が途切れ、ややしてちゃかすような声が返ってくる。

「藤崎さんのそういうかっこいいセリフ、久々に聞いたな。別にそんなおおごとじゃない。気持ちだけはありがたく――」

「わたし、北脇さんを悪者にしなくてすむ方法を思いつきました。聞いてもらえますか」

北脇は今度こそ完全に手をとめて、特許を読むのに使っている大きなモニターの向こうからひょいと顔を出した。

眉間に皺を寄せている亜季を見て、ちょっと面白そうな顔をして言った。

「教えてくれ」

「――そのような経緯でして、現状の仕様では、『目覚めすっきりお茶屋さん』の発売は中止せざるをえないと考えております」

北脇が落ち着いた口調で説明するあいだ、亜季は隅でパソコンを抱え、説明を聞く壮年の女性の横顔をそろりと眺めた。目鼻立ちのはっきりした、華やかな、それでいて意志の強そうな女性。

常務、猪頭である。

社長以下、常務と部長級が勢揃いした会議室の空気は窒息しそうに重苦しい。

もっとも、右側に並んだ高梨をはじめとする技術関係の人間は、比較的理解を示してくれているように見える。熊井がしっかり根回ししてくれた上、業務上もともと知財への関わりが深いからだろう。社長の増田も表情は苦々しいが、まずは静観の構えだ。

しかし、左側の席を占める営業本部や販売本部に属する人々を納得させるのは、至難の業に見受けられた。めんどくさい法律をこちゃこちゃと振りかざすやつらが、またしても空気の読めない面倒ごとを引き起こしたと考えている気配がする。

唯一の救いは、いつもならば率先してそういうふうに考えがちな企画部長の板東が、今回に限ってはおとなしくしてくれていることだった。間違いなく、『ぐるっとヨーグル』がめでたく立体商標登録されたおかげだろう。

とにかく営業や販売系の部署の人々を納得させるには、まず猪頭を説得できなければ始まらない。

だがしかし、本丸である猪頭は今、北脇の懇切丁寧な主張に耳を傾けるわけでも、亜季が懸命に用意した資料に目を留めるわけでもなく、まっすぐ前を向いている。なにを言われようと結論は決まっている、そういう顔でひたすら北脇の説明が終わるのを待っている。

そしていよいよ北脇が言葉を結べば身を乗りだし、「わたしからよろしいですか」と社長に伺いを立てた。

「もちろんだよ。猪頭さんが納得してくれないことには、僕も結論を出せない」

それでは、と猪頭は挑むような笑みを知財部の面々へ向けた。

「北脇さん、話はおおむね理解しました。要するに他社特許を侵害してしまうわけにはいかないから、我々の製品は販売できない、そういう主張ね」

「仰るとおりです」

「受けいれられません」

猪頭はきっぱりと言った。

「わたしはね、月夜野ドリンクが出遅れている機能性緑茶飲料の市場を開拓すべく、フロンティア創成課の必要性を訴え、支援してきたんです。そして今、とてもよい製品が仕上がった。背野さん以下、課の面々が一生懸命開発してくれたわけです。営業としての経験から言っても間違いなくヒット商品になる、そう胸を張れる製品が完成した。それを今さら売れないなんて言われて、はいわかりましたとなる？」

まったく退かない。だがこう来ることは予想していた。

「お気持ちは拝察しております」

と北脇は、さも同情しているように深くうなずいた。

「ですが残念ながら、これは法律の問題です。我々も、本来ならば売りたいのです。ですが感情を優先して発売を強行しても、トラブルに巻きこまれる可能性を高めるだけです。もしも訴訟にでもなれば、勝っても負けても損害をこうむります。訴訟になった瞬間に、世間は当該商品が侵害可能性があるものとみなすからです。多額の費用と労力をかけて反論したところで、もはや世間の思い込みは完全にはくつがえせません。それどころか、当該商品以外にも長期的に損害が生じる恐れさえあります」

たとえば、とトラブルの具体例をあげにかかる。

そうだ、これは気持ちでなんとかなる問題ではない。具体例を列挙すれば、営業畑の猪頭はことの重大性に気がつくだろう。それでなんとか納得してもらうのが、あらかじめ相談していた知財部の戦略だった。

しかし、である。猪頭は、やんちゃをしている子どもを見るような笑みを漏らした。

「いいえ、発売を強行したところで問題など起こりませんよ」

北脇は虚を衝かれたように言葉をとめる。その隙に猪頭は続けた。

「確か北脇さんは、上毛高分子化学工業から出向しているのでしたね」

「……そうです」

「だから神経質になりすぎているのね。化学メーカーは、知財の管理も我々なんかより数倍厳重だそうだから。でもここは飲料業界です。この業界で、特許をきっちりと守ってる会社なんてあるの？　誰が守ってるんですか？　ないも同然でしょう」

会議室がにわかにざわついて、亜季も熊井も息を呑みこんだ。猪頭の隣に座った背野が、我が意を得たように相づちを打つ。

「常務の仰るとおりです。飲料業界に特許なんて真面目に守ってる会社はない。売って稼いだものが勝ちなんですよ」

「いいえ」と北脇はすかさず言いかえす。「その認識は間違っています。近年飲料業界でも、特許の重要性は無視できないものとなってきました。それをご存じだからこそ、増田社長はわたしを月夜野ドリンクに呼ばれたのだと考えておりますが」

しかし猪頭は余裕のそぶりですぐさま打ち返した。

「やだ、あなたも知ってるでしょ？　あなたは上化さんに押しつけられたの。まったく異なる業界の論理でね」

「……話を戻しましょう。もし特許侵害に寛容という業界慣習が存在したとして、それを根拠に侵害品の発売を強行するのがリスクである事実は変わりません。相手の胸三寸でそのような慣習は簡単に破られます。相手方にボールを委ねている状態は危険と思われませんか？」

「商売というのは、どれだけ他人より多くリスクを取れるかで成功するかが決まるものですよ」

「訴訟になって事業が差し止められ、さらに莫大な損害賠償請求されたとしても、その主張は続けられますか」

「ならばお尋ねしますけど、飲料業界でそこまでこじれたこと、どれほどあります？ 訴訟になって差し止められたとか、莫大な損害賠償を支払った例って、本当にあるんです？」

北脇が言葉を呑んだその隙に、猪頭は畳みかけた。

「何度も言いますが、『目覚めすっきりお茶屋さん』はよい商品ですよ。間違いなく売れます」

「売れればなんでもいいのですか」

「ええ。ビジネスですから」

北脇は口を引き結んだ。

先手をとられた、と亜季は焦った。猪頭のほうが上手だ。猪頭は、はじめから業界慣習を盾にして、場の空気を味方につけようとしていたのだ。

その思惑どおり、会議室は完全に猪頭の主張に傾いている。みなリスクをとっても、売り出すべきだと考えている。

「当然報告書には、あらかじめ目を通してありますよ。『見覚めすっきりお茶屋さんはCランク、このままの上市は極めてリスクが高い』」

猪頭はぱらぱらと手元の資料をめくって、最後に表紙に手を重ねた。

「ですけど北脇さん、そもそも本件は本当に高リスクなの？　あなたも出向してしばらく経つから、そろそろはっきりとした業績を残したいのはわかるけど」

「それは……どのような意味で仰っていますか」

北脇の声音に怒りが滲む。挑発されている、感情的になるように誘導されている。わかっていても抑えられないのだ。

「わたしが思ったのはね、北脇さん。あなたはありもしない問題を大々的に提起して、部署の存在感を示そう、強めようとしてるんじゃないですか？」

「なぜそのような発想に至られたのか理解に苦しみます。わたしが自分の業績欲しさに、自社の製品を――」

「自社ではないでしょ」

「い、いや、自社の製品を、意図的に潰しにかかっていると仰るわけですか？」

北脇は猪頭の茶々を押し切った。

とたんに猪頭は表情を緩める。

「もちろんあなたが意図的に間違った調査結果を出したとはまったく思っていません。でも――」

その瞬間亜季は、猪頭はまさにここに話を誘導していたのだと気がついた。

「でもあなたはミスをしたかもしれない。すでに一度大きなミスをしているしね」

会議室が再びざわつく。方々からささやきが聞こえてくる。確かにそうだ、北脇はすでに一度、危うく『カメレオンティー』を潰しかけた前科がある。そんな北脇の調査結果を信頼して、せっかくあの猪頭常務が売れるに違いなしと太鼓判を押した『目覚めすっきりお茶屋さん』を発売中止にしていいのか？

悔しくて、苛々として、亜季はよっぽどその場に立ちあがろうかと思った。せめて馬鹿にしきった目でこちらを眺めている背野をどうにかしてやりたい。

だが唇を嚙みしめ耐えた。

まだだ、まだ待つのだ。

パソコンを抱きしめうつむく亜季の隣で、熊井がすこし怒ったような声で言った。

「お言葉ですが猪頭さん、北脇は一度もミスはしていませんよ。『カメレオンティー』は冒認出願でしたから、発売が一時中止になったのは直接北脇のせいではありません」

しかし猪頭もすぐさま切りかえす。

「間接的には北脇さんのせいでしょ？」

「あんな事件が起こると予期できるわけがないでしょう」

「起きるかわからないトラブルにさきんじて対処するのが知財部の役目じゃないの？　つまり北脇さんはすくなくとも、一度大きく戦略をミスしている。だったら今回はミスじゃないって、誰が言い切れるの」

熊井が息を呑み、亜季は顔をあげた。その反応に、猪頭は言い負かせたと確信したように小首を傾げる。黙りこくった北脇を、背野が冷ややかに眺めている。

亜季は頭の中で、猪頭の問いを反芻した。

――今回はミスじゃないって、誰が言い切れるの？

来た。

これだ、今だ。

「その件についてですが！」

亜季は声を張りあげ立ちあがった。

部長たちの、常務らの、社長の驚きの目がすべて亜季に集まってくる。この球を打てるだろうか。いや違う、打つのだ。バスターでもバントでもなんでもいい。転げたっていいから当てろ、打ち返せ。

「……知財部の藤崎です。今回の侵害疑惑につきましては、当該製品が他社特許に抵触するかどうかは、もちろん知財部のほうでも精査しています。ですが最終的な判断は、そのような高度な判断をするに足る能力をお持ちの、外部の特許事務所の弁理士に依頼しております」

　北脇がミスをしているかもしれない。その論理で押し切れると猪頭は思ったのかもしれない。

　だがそれは一番の悪手だ。なぜなら最終的な判断は、北脇が下したわけではない。

「具体的には、東京虎ノ門（とらのもん）に事務所を構える、又坂国際特許事務所所長の又坂弁理士に鑑定を依頼しています。又坂先生は技術への理解が深いのは当然として、いざ訴訟になった場合の裁判官の視点をも考慮して、侵害可能性について判断を下してくださっています」

　猪頭が口をひらこうとしたのを両手で制して、亜季はパソコンをひらいた。

「……などとわたしがご説明するよりは、実際又坂所長のお話を伺うのが、一番すっきりはっきりするんじゃないかと思います。どうぞ」

　そしてあらかじめ延ばしておいたケーブルとパソコンを繋（つな）ぎ、背後のスクリーンをおろした。すでに立ち上げているビデオ通話システムの通話ボタンを押せば、スクリーンいっぱいに、どっしりとした女性の姿が映る。

　女性はもったいぶった会釈をしてから、堂々と自己紹介した。

「又坂国際特許事務所所長、又坂です。『目覚めすっきりお茶屋さん』に関する特許を鑑定したのはわたくしですので、なにかご質問があれば遠慮なくどうぞ」

「質問はございませんか。それではわたくしのほうからまず概略をご説明いたしましょう。月夜野ドリンク知財部さまのほうで、発売予定の製品に関する侵害予防調査を行ったところ、いくつか抵触の可能性がある他社特許が存在するとのことでした。従いまして弊所（へいしょ）において、他社特許の侵害可能性を考慮いたしました。その具体的な手法につきましてはこちらをご覧ください」

画面がさっと資料に切り替わる。

又坂の早口についていくのでいっぱいいっぱいの部長たちは、懸命に資料を把握（はあく）しようと目を動かした。しかしほとんどの人間が読み終わらないうちに、又坂はさっさとスライドを切り替えさらなる早口で続けた。

「結論を申しますと、侵害可能性が排除できず、新規性・進歩性なし、明細書記載不備といった無効ロジックも構築できなかった特許がひとつだけありました。つまりもし御社の当該製品をこのまま上市いたしますと、この特許を侵害したと警告、のちに訴えられた場合、対抗手段がありません。まあそれでも実施する、発売するというのであれば、当然御社のご判断となりますが。ただ言わせていただければ」

又坂はもったいぶった仕草で『緑のお茶屋さん』を飲み、また口をひらいた。

「ただ言わせていただければ、今回問題となっているのはモノの特許なので、御社が侵害しているかどうかは、出回っている商品を分析するだけで誰にでもわかります。当然、特許権者にもすぐに侵害が発見されてしまうでしょうね。つまりリスクが極めて高い。そして昨今飲料業界においても、差止や廃棄を求める訴訟は起こされています。損害賠償を含め、そのような事態を受けいれる覚悟がおありなら、このままの仕様で実施されるのがよろしいかと思います。以上です」

　怒濤のような又坂の言葉の圧に、完全に会議室は呑まれている。あとすこしで大勢を決められただろう背野など、ただただ呆気にとられるばかりだ。

　しかし猪頭だけは、スクリーンに大写しになった又坂を瞬きもせず、まっすぐに見つめ返していた。又坂もまた画面の向こうから猪頭に目を向けていると気がついて、亜季は思わず姿勢を正した。まったく別の人生を歩んできた、しかし同じようにそれぞれの立場を背負って戦う女性がふたり、ここに対峙しているのだ。

　どちらも今の亜季からすれば眩しくて、まったく及びもつかない相手である。

　だが、今このときにおいては、この勝負は又坂の勝ちだと亜季は確信した。

　北脇がミスしているかもしれない、だから知財部の判断を鵜呑みにできない。

　そう訴えて知財部の主張を退ける戦法は、北脇に対してのみ通用するものだった。又坂は百戦錬磨、いくつもの大手企業を顧客に抱える大手特許事務所の所長である。その判断に猜疑を呈すほど、猪頭は愚かではない。

きっと猪頭は、背野を心から信頼していたのだと亜季は思った。猪頭はやり手の営業だったから、本来自社製品もシビアに、客観的にそのよしあしを判断できる人間のはずだ。そうでなければ的確に売り込むことなどできないのだから。

だが背野にその感性をくるわされた。

背野はおそらく、はじめから他社の特許を侵害するかもしれないと把握していたのだ。技術者なのだから、当然他社技術の動向も、それが自分の作っている製品とどれだけ被るのかも知っていたはずだ。だが猪頭には報告しなかった。それどころか、技術にそれほど詳しいわけでもない猪頭のアイデアをひとつも否定せず、受けいれ続け、ひずみは隠した。進捗(しんちょく)を尋ねられれば、順調ですの一言しか返さなかった。

それで猪頭はすっかり騙された。理想の商品が完成したのだと思い込み、それを潰そうとする北脇を、逆に潰しにかかったのだ。

「……よくわかりました、又坂所長。丁寧にご説明いただき感謝します。ありがたく経営判断の一助とさせていただきたい」

礼を言った増田の声のニュアンスで、すべては決まった。背野の作りあげた、猪頭の惚(ほ)れこんだ『目覚めすっきりお茶屋さん』は、決して発売されない。

いつしか猪頭はすっかりうなだれている。誰もなにも言わないが、常務にのぼりつめるほどの人だから、自分がどんな間違いを犯したのかはすでに悟っているのだろう。

「又坂所長になにか尋ねたいことは」

増田に促され、猪頭はようよう顔をあげた。

「今のままでは発売できないことは理解しました。ですがわたしは、どうしても諦めきれません。なんとか他社の権利侵害にならず、発売できる方法はありませんか」

なりふり構わず尋ねるその横顔は、幻の新製品を本気で惜しんでいる。

すこしかわいそうだな、と亜季は思った。もちろん猪頭は、あえて北脇を追いつめて場を掌握しようとした。そこはかなり憎たらしい。それでいてやっぱりかわいそうだ。残念ながら、発売できる可能性は絶対にないけれど――。

「え、発売？　もちろんできますよ」

あっさりとした又坂の声に、猪頭は目をみはった。猪頭のみならず、会議室にいる多くの者がぽかんと口をひらく。もちろん亜季もである。どういうこっちゃ。

「え、でも今、発売できないって話をしてたんじゃ……」

「なんだ、北脇さん、まだ話してなかったの」

ごめん、とスクリーンに映った巨大な又坂が手を合わせると、今の今まで押し黙っていた北脇は大げさに息を吐いた。

「僕が満を持して提案する予定だったんですが」

「え、そうなのごめん。いやだいじょぶだいじょぶ！　まだ間に合うから」

両手を振ってぞんざいにごまかしてから、又坂はきりりと背を伸ばした。

「ではわたくしは失礼します」

と思えば舌を出してビデオ通話を切る。

え、なにこれ。どういうこと。

会議室中の目が、さっきまでとはまったく違う意味で北脇に集まる。

「……発売、できるんですか?」

思わず小声で尋ねた亜季に、北脇は口角をあげてみせる。それから指を組み、いつもどおりの落ち着いた低い声でみなに告げた。

「まずお伝えしたいのは、確かに『目覚めすっきりお茶屋さん』は、現状の仕様では他社特許の権利範囲を侵害するため、発売はできません。ですが本来ならば、こんなことになるまえにいくらでもこの事態を回避できました。もし」

と北脇は冷たい視線を背野に向けた。

「もし背野課長が、もっと早く実施予定の技術の詳細を我々に相談してくだされば、このような会議はそもそも必要なかったのです。ときにお尋ねしますが背野課長、なぜわたしたちに、データをお渡しくださらなかったのですか」

背野は北脇を睨む。しかしその唇は動かない。なにも言えない。

北脇は気にせず畳みかけた。

「猪頭常務には、権利関係についてどのように説明していたんです？　常務には、こまめに進捗を報告なさっていたはずでしょう」

まだ背野は黙っている。代わりに答えたのは猪頭だった。

「……背野さんは、『特許は大丈夫だ』と言っていました。わたしの望みどおりの仕様で、革新的なものを作りあげられたんだって、どこの会社にも同様の製品なんてないって」

言いながら、猪頭は唇を噛む。騙したのね、と言いたいところを耐えている。

「なるほど、常務には問題なしと報告していたんですね。ですが背野課長、あなたは本当は、このままでは他社特許を侵害するとご存じだったでしょう？　技術者が、ライバル企業の製品に使用されている技術を把握していないわけがないんですから」

「いや、わたしは――」

「あなたは把握していた、とフロンティア創成課のメンバーは証言しましたよ。このままでは他社の権利を侵害してしまう、仕様を変えるべきと再三訴えたのに、仕様変更すれば常務のオーダーどおりのものができないから、と突っぱねられたと」

ますます背野の眉間の皺が深まり、猪頭の顔が白くなる。

北脇の声は続く。

「背野課長、あなたは他社特許を侵害したところで訴訟には発展しないと高をくくり、知財の重要性を軽んじ、それゆえ常務には問題なしと嘘の報告を続けていたんでしょう。そんなことをして、もし訴訟になったらどうするつもりだったんですか？　訴訟は戦争ですよ。相手が悪ければ、膨大な資金と物量で簡単に押し潰される。知財を軽んじたせいで事業が中止になり、巨額の損害賠償を背負う羽目になったとき、背野さん、あなたいつまでこの会社にいられますか？」

北脇は背野だけでなく、この場の全員に釘をさしていた。一度は会社を追われた北脇自身が言うのだから、誰も口を挟めない凄みがある。

答えに窮する背野に代わり、猪頭がもう耐えられないというように口をひらいた。

「北脇さん、わたしが間違っていました。見る目がなかった。思い描いたとおりのよい製品ができあがってきたことに満足して、他のものが見えなくなっていた。あなたにも大変失礼なことを言いました。謝罪します。ですからどうかあなたの考える、発売中止にならずに生き残る方法というのを教えてもらえませんか」

「……常務の理想どおりの商品にはならないかもしれません。それでもよいですか」

「もちろんです」と猪頭は即答した。「ここに至れば、わたしの理想なんてどうでもいい。ただわたしは、ここまでみなで作りあげたものを、まったくなしにはしたくないんです。こういうの、感情的だって笑われるかもしれないけど」

自虐のようでも当てつけのようでもある一言に、北脇は口元だけで微笑んだ。

「わたしたちも思いは同じです。であるからこそ、うまく他社の権利を回避しつつ、できるかぎり元の開発品のエッセンスを残したものが作れないか、フロンティア創成課の課長代理である水口さんと協議を重ねました」

自らを差し置いて進んでいた協議の事実を今初めて知り、背野の目に怒りが滲んだ。

「水口と協議？　なに勝手なことを――」

「座りなさい、背野君」

だが猪頭がぴしゃりと制した。「続けて。協議の結果、どうなったの」

「ある組成物のパラメータを変更すれば、味わいをそれほど変えずに機能を保持した製品が作れそうだと水口さんは仰っていました。実際そちらならば、他社の権利も侵害しません。権利的にクリア、なんの問題もなく発売できます。そのような鑑定も、さきほどの又坂所長にすでにいただいております」

北脇は新たな『目覚めすっきりお茶屋さん』の仕様書と、又坂に書いてもらった鑑定書をみなに配った。猪頭は目をみはり、それらに目を通す。

「いつのまにこんな……」

「はじめから北脇は調査と並行して、こちらを提案できるよう用意していたんですよ」

と熊井がにこにこと言えば、ますます猪頭はちいさくなった。

「わたし、北脇さんは法律が第一で、発売が中止になろうと仕方ないと割り切っているのかと思っていました」

ごめんなさい、と再び頭をさげられて、北脇は苦笑している。

「もちろん法律が第一ですよ。会社の評判や名誉を守るために、わたしが優先順位を違えては誰も協力してくれなくなりますから。ですがわたしも、法律だけで動いているわけではありません」

そして北脇は、透明なペットボトルにつまったお茶をみなに渡した。

「水口さんが新たに作った開発品です」

増田は受けとるや、猪頭に促す。

「猪頭さんがまず、はじめに味見するといい」

「いいんですか」

「もちろん。あなたの肝いりの飲料でしょう」

猪頭は緊張の面持ちでキャップをあけ、匂いを確かめ、それからごくりと一口飲んだ。しばらく味を確かめて、それから目を潤ませて増田を見あげる。

「いいです、悪くない」

「それはよかった」

増田は笑って、自分も一口含む。「確かにいいんじゃないの」とにやりとした。

すぐにその場のみなが味見して、意見を出し合いはじめる。どうやらこの場での知財部の仕事は終わったようだ。

「それではわたしどもはこれで」と北脇が立ちあがると、猪頭はペットボトルを手に、駆け寄ってきた。

「こちらの方向で出せないか、水口さんとも話をしてみます。もしその過程で助けていただくことがあったら知財部さん、お願いできますか」

「もちろんです。ですよね熊井部長」

と北脇が振れば、「お任せください」と熊井はうなずく。ことのなりゆきを、目を丸くして眺めていた亜季にも、北脇は目を向けた。

「藤崎さんも。彼女の働きがなければ、我々はこの提案ができなかったでしょう」

「そうなの。ありがとう」

と猪頭に微笑まれて、亜季は愛想笑いで切り抜けた。いや、亜季はなんの助けにもなっていないのだが。

「よかった。なんとか常務が納得してくれて」

会議室に熊井を残して戻るふたりの足どりには、安堵が満ちあふれていた。

「途中猪頭さん、なんかすごいこと言ってましたけどね……」

「ああでもしなければ、傾きかけた会社を救う営業活動なんてできないんだろ」

あっさり返す北脇は、あんまり堪えていないようだ。亜季はほっとした。猪頭が北脇個人を批判しはじめたときはどうしようかと、いやどうしてくれようかと思ったのだ。

「とにかく猪頭さん、水口さんと前向きにやっていくみたいですし、知財部も信頼してくれるようで安心しました」

でも、亜季はパソコンを抱えたまま肩をすくめた。

「わたしのことまで無理やり褒めてくれなくてもよかったんですよ。なんにもしてないんですから」

北脇は亜季を未来の知財部を担(にな)う人材とやらに押しあげるつもりらしいから、猪頭の覚えめでたくしておこうと思ったのかもしれないが。

と、北脇はしれっと返した。

「僕は事実しか言ってないけど」

「どこが事実なんですか……」

「だって又坂さんがどんと出てきてその専門性と権威で圧倒しなかったら、あのまま僕は押し切られたでしょ」

「じゃあ又坂先生のおかげじゃないですか」

「又坂さんを呼ぶって言いだしたのは藤崎さんだろ。つまり藤崎さんがいなければ、こんなふうに平和に会議は終わらなかった」

「……そんなものですかね」

亜季は努めて冷静に言いながら、唇を噛みしめた。どうしよう、嬉しい。確かに、北脇を悪者にしないために外部の人間——又坂所長に説明を引き受けてもらえばと案を出したのは亜季だ。すこしは役に立ったと思っていいのだろうか。

「さすがだなあ藤崎さんは。さすが未来の知財部長」

「褒めてくれるならもっと真っ当な感じにしてくれます？」

「至極真っ当だろ」

と笑ってから、北脇は口を尖らせている亜季のパソコンを指差した。

「それより藤崎さん、早く又坂さんとビデオ通話繋ぎなおして、どうなったか説明したほうがいい。早くしないとあのひと虎ノ門でタクシー摑まえて、ここまで押しかけてくるかもしれない」

「え、まさか」

と言いつつ亜季は焦りだした。又坂はバイタリティの塊みたいな女性だから、絶対ないとも言い切れない。

「わたし、さきに戻ってますね！」

言うが早いか、亜季は急ぐ。「よろしく」と北脇がうしろで笑う声がした。

亜季の姿が小さくなると、北脇はおもむろに来た道を振り返った。廊下の隅には、こちらを睨む男がひとり。

背野である。

「どうされました？」

と北脇はポケットに両手を突っこみ、にこやかに歩み寄った。背野は北脇を睨み据(す)えたまま、声を低める。

「勝手なことしやがって。水口と示し合わせて、最初からこうするつもりだったんだろ」

「こうするとは？　僕が自分のために、あなたを課長職から追いやったとでも仰りたいんですか？」

黙した背野に、北脇は慇懃(いんぎん)に続けた。

「もちろん僕としては、知財を尊重してくださる方がトップであるほうが仕事がやりやすいですよ。そもそも知財と開発は連動して動くもの、新たな製品を生み出すための両輪です。ふたつが噛みあっているからこそ、安心して企業は新製品を市場に投入できるんですから。この原理をご理解いただけていないあなたは、言いにくいですが挑戦的な製品の開発をするフロンティア創成課の旗印(はたじるし)としては、いささか不適当なのは事実でしょうね」

ですが、と北脇は瞬きもせず背野を覗(のぞ)きこんだ。

「今回僕はそのような意図のもとに、より御しやすい水口さんを新課長に据えようと画策したわけではないですよ。猪頭常務にご理解いただける形が、水口さんとの代替品開発だったにすぎません」

「あくまで会社のためっていうのか」

「当然です」

「だったらなんで俺に相談せず、水口に直接話を持っていった」

「逆に訊きますが、なぜ僕が、あなたに相談しなければならない」

「お前――」

背野は言うにこと欠いたのか、忌々しく言い放つ。

「つまりは私怨なんだろ。こけにされた腹いせに俺を更迭させようと、水口を利用した」

「さて」

「嫌なやつ。人の未来をめちゃくちゃにしやがって」

その一言に、北脇の笑みは深まった。背野を見据えて、低く告げる。

「あんたほどじゃない」

それからにっこりと手をさしだした。

「背野さんは優れた技術者だとお聞きします。またどこかの部署で職務発明されることもあるでしょう。その際は、どうか早めにご相談ください。全力で権利化のお手伝いをさせていただきますので」

又坂になりゆきを逐一事細かに説明して、ここまで押しかけるのだけは勘弁してもらってビデオ通話を切ったその直後、ようやく北脇は戻ってきた。

「あ、北脇さん！　どこ行ってたんですか」

「どう、又坂さんには報告できた？」

北脇は荷物だけ自分の机に置くと、きんきんに冷えた『緑のお茶屋さん』を手に取った。

「一応は。新しくとった鑑定のお礼も言いました」

「そう。よかったよかった、助かった」

「まさか、又坂先生との通話が終わるのを見計らって戻ってきました？」

「お世話になってる人にそんな失礼するわけないでしょ」

ほんとかな。亜季が顔をしかめると、北脇は涼しい顔をして腰掛ける。それからつぶやいた。

「いいエビ買ってくるだけだから」

「……なんの話です」

「海老フライの話。弁当に入れた海老フライの作り方を藤崎さんが知りたがってたって根岸さんに聞いたから」

亜季は瞬いた。そんな話、ゆみにしただろうか。

いや、そんなことはいまやどうでもいい。亜季は椅子を回転させて、前のめりで尋ねた。

「待ってください、あの海老フライ、北脇さんが作ってるんですか？」

「なにか問題あるの？　日曜の飯の残り物だよ」

亜季が口をぱくぱくしていると北脇は眉間に皺を寄せた。

「言っとくけど、料理はそこそこ得意なんだ。藤崎さんより得意かもしれないな」

「そんな、わたしだって料理大好きですよ！　気分転換によく作ってます……じゃなくて、そうなんですね！　そうか、北脇さん自分で作ってたんだ、よかった……でもない。あれ、すっごくおいしそうでしたよ。どうやって作るんですか？　普通に気になります」

「別にコツなんてない」

北脇は『緑のお茶屋さん』のキャップを回す。

「今言ったとおり、立派でポテンシャルが高いエビを用意するだけだ。素人の作る海老フライなんてしょせん、どのレベルのエビを用意できたのかで完成度は決まる。そのあとどんなふうにごまかしたって、素質には勝てっこない」

「え、そうですか？　でも衣のつけ方とか、揚げる技術も大事ですよね」

油の温度とか、二度揚げするとかしないとか。

「そんなのエビのポテンシャルに比べれば些細な問題だよ」

「そうですかね？」

北脇は黙って『緑のお茶屋さん』を口に運ぶ。しばらく黙っているから話は終わりなのかな、と亜季が椅子を正面に戻そうと机を掴んだとき、再び口をひらいた。

「大丈夫。藤崎さんは生きのいいエビだから。すぐ次がある。たぶんそのうち、みんなうまくいく」

亜季は振り向いた。どういう意味ですか、と普通に突っこみそうになって口をつぐんだ。やっぱりこのひと、こういうところは相変わらず不器用だ。

「北脇さん」

椅子を回して、背を向けながら声をかける。「わたしこれから、漫画の主人公みたいなセリフを吐いてもいいですか？」

「だめ」

えーと口では言いながら、亜季はおとなしく引きさがる。別にいい。このあいだ、すでに一回言ったことでもあるし。

北脇はこれからも悪者になろうとするだろう。それでも亜季は、なるべくそうじゃない道を探したい。

もし努力実らず試合に負けたとしても、亜季だけは北脇の味方でいたい。

【0004】

好きなものこそ財産です

「いやあ殊勝だよねえ」

赤いレトロなカウンター椅子に腰掛けながら、又坂国際特許事務所所長、又坂は、わざとらしく息を吐いた。

「嫌味言われてまで会社のために頑張って、どれだけリターンがあるんだか。あなた弁理士資格を持ってるんだから、いくらでも行き先はあるじゃないの。たとえばうちの事務所とか。あ、いつもの塩ラーメンお願いね、林さん」

「お気持ちだけありがたく受けとっておきます。僕は企業内弁理士が性に合ってるので」

又坂の隣に座った北脇はさらりと躱す。躱しなれている。又坂が北脇をスカウトするのは毎度のことで、ほとんど挨拶みたいなものだ。

「あら、今度こそ嫌気がさしたと思ったんだけど、もの好きだねえ。それで北脇さんはなに食べるの」

「炒飯でお願いします」

「ほらこの性格。こんなこだわりのラーメン店に来ておいて、しれっと炒飯を頼むところ、どう考えても会社勤めより個人事業主向きだと思うけど。ほんとはそういう仕事したいんじゃないの？　将来的に独立したいのなら支援しないこともないけど。ねえ藤崎(ふじさき)さん」

「あ、えっと……どうですかね」

　北脇の左に借りてきた猫のように座っていた亜季(あき)は、あたふたとメニュー表をとった。いや困る。今北脇がいなくなったら、いろんな意味で亜季はやっていけなくなる。

「藤崎さん、メニュー表逆だけど」

「ほんとだ、すみません！」

慌(あわ)ててひっくり返すと、「謝ることじゃないだろ」と北脇はぼやいた。

　それから右隣に座っている又坂に目を向ける。

「藤崎さんを困らせるのはやめてください。今僕がいなくなったら、月夜野(つきよの)ドリンクの知財部は一から出向者を迎えなければならなくなるでしょう。そんな面倒ごとを抱えこみたい人間なんて普通いません」

「なるほど、それで君は気を遣って離職しないのか」

「違います」

「真面目だよねえ、そう思わない？　林さん」

　と又坂は、カウンターの向こうに同意を求める。

年季が入っているものの磨きあげられた厨房では、店主である林さんが仏のような笑みを浮かべていた。

ここは虎ノ門のとあるビルの地下街の隅にある、わずか十二席のみのラーメン店【王】である。小さな店だが、いわゆる日本風ラーメンと中華料理の湯麵のどちらも食べられて、しかも絶品という、知る人ぞ知る名店だった。

虎ノ門の高層ビルにオフィスを構える又坂国際特許事務所所長は、この店がいたくお気に入りらしく、こうして本来は閉店している時間に事務所の顧客を連れ訪れて、貸し切りで食事をするのだという。この店に連れてこられたら、又坂に気に入られた証である——とかなんとか。

ちなみに亜季は、北脇と一緒に過去何度も又坂の事務所を訪れているが、この店に連れてきてもらえたのは初めてである。北脇はどうも何度も来たことがあるようだから、これは亜季が、すこしは認めてもらえたというわけなのだろうか。

しかしながら今の亜季は正直それどころではなかった。又坂のさきほどの言い方を聞くと、まるで北脇は本当は特許事務所の弁理士になりたいのに、月夜野ドリンクのために離職できないでいるようではないか。

ありえなくもない話だから気が気ではない。同じ弁理士でも、企業所属と弁理士事務所所属では仕事内容が結構違うし、たぶんお給料も変わるのではないだろうか。北脇は優秀だから、独立した暁には相当稼げるはずだ。

「それで、藤崎さんはなに頼むの」

「えっとですね！」

急に話を振られて、亜季は急いでラーメンに頭を切り替えようとした。だがメニューがまったく頭に入ってこない。どうする。北脇と同じく炒飯……を頼む勇気はない。初来店のラーメン店で、ラーメン頼まないのはさすがにどうなのか。

というわけでメニュー表を手に固まっていると、カウンターの向こうの林さんがすっと穏やかな物腰で近づいてきて、ものすごくよい声で教えてくれた。

「初めてのお客様ですね。でしたら海鮮五目湯麺がお勧めです。わたしなりに広東の味をアレンジしたもので、自信作なんですよ」

林さん、背が高くて声も低くて、スターのようである。亜季は少々照れた。

「じゃあ、それでお願いします……」

「水もう一杯いただけますか」

北脇が一気に水を飲み干し空のコップを突きだしたので、亜季は慌てて顔を引きしめる。そんな亜季を見て、今度は又坂が急に思いついたように身を乗りだした。

「じゃあさ、藤崎さんはうちの事務所どう？　転職しない？」

「え、わたしですか？」

　まさかと亜季は自分を指差すが、又坂は満面の笑みでうなずいている。

「そう。見どころがあるって思ってたんだよねえ。北脇さんがいなかった『ジュワっとフルーツ　プレミアムメロン』関連の出願のときも、頑張ってたってうちの所員から聞いたし。どう？　都会暮らし、給料もたぶんよくなる、こーんなイケオジの林さんの店に、毎日だって通えるし、もちろん特許事務所でのキャリアも積める」

　亜季がなんて答えればいいかと迷っていると、北脇が冷ややかに言った。

「残念だな藤崎さん。僕も熊井さんも、増田社長だって藤崎さんに期待してたのに。藤崎さんの人生だから、もちろん好きにすればいいけど」

「うわ、嫌な上司。未練がましいねえ」

「上司として惜しいと伝えているだけですが」

「別にわたしは、ふたりして転職してくれてもいいんだけど」

「ふたりとは」

「そりゃもちろん――」

「あのちょっと、待ってください！」

　ようやく亜季は割って入った。いやいや、勝手に話を進めないでほしい。

「評価していただいて嬉しいですが、いまのところ、現状では、わたしは転職する気はありません。今の会社を気に入っているので」

会社に人生を捧げようだなんて考えてはいない。だが亜季は、月夜野ドリンクとその商品になんだかんだで愛着を持っていて、その愛だって働く原動力のひとつなのだ。ただお金をもらえればいい、ときっちり割り切って働けるタイプではない。

「そっかー残念。藤崎さんを引っ張れれば、北脇さんの人生も変わるかと思ったけど」

又坂は嘆息して、カウンター前に置かれた壺(つぼ)から大量の紅ショウガを取り分ける。すかさず北脇が、「意味がわかりません」と言いかえした。

「なぜ藤崎さんが転職すれば、僕の人生が変わるんです」

「いやあほら、一緒に働いてる人がいなくなったら感化されるかなと思って」

「一緒に働いていても、僕と藤崎さんはそれぞれ別の意志を持ち、別の人生を生きている人間です。そもそも僕はいまのところ転職する気はないと、何度も申しあげていますよね」

「北脇さんはほんと、ぐうの音も出ない正論を言うのが上手(うま)いねえ」

又坂は紅ショウガの壺を覗(のぞ)きこんで眉をひそめた。空になってしまったらしい。

「だけど、人生それでいいのかよく考えたほうがいいよ。今このときなんて一瞬なんだから、後悔しないように行動すべきじゃない？　ねえ林さん」

「そうですね」

と林さんは相変わらず魅力に溢(あふ)れた笑顔のまま、又坂に塩ラーメンをさしだした。

「自分の気持ちに正直になればこそ、人生はひらけるものです」

なんだかな、と亜季は思った。

又坂は優秀な弁理士だ。頭は切れるし仕事は早い、アドバイスも的確で、人をまとめる才能もある。自分がやるべきこと、やりたいことを突きつめたからこそ、又坂国際特許事務所を巨大事務所に育てあげ、輝かしいキャリアを得た。

そんな又坂が眩しくて、すこしだけ苦手だった。

自分の道をひたすら追求してきた又坂には、亜季や北脇のように会社に所属して、ときにはそれほどやりたいわけでもない仕事をこなす人生がつまらないものに見えるのだろう。だから『人生それでいいのかよく考えたほうがいい』なんて言うのだ。

だが亜季は、今の自分は悪くないと思っていた。そりゃ知財部に配属されたのは自分の意志ではないし、心の底から望んでついた仕事というわけでもない。

それでいいじゃないか。そこそこ懸命になれる仕事をして、給料をもらって、家では大好きな絵を描いたり、おいしい料理を作ったりする日々。

そんな毎日に満足するのは、つまんない人生なんだろうか。

北脇は本当のところ、どう考えているのだろうか。

炒飯が運ばれてきて、北脇はレンゲをとった。北脇の答えは、結局聞けずじまいだった。

林さんの絶品ラーメンを完食して事務所に戻ってくるや、又坂は早口で尋ねてきた。

「じゃあ本題に入りますか。このあいだの案件、外国出願するわけね。どこに出す？　アメリカ？　欧州？　中国韓国は？」

つい今さっき、ドアをあける瞬間まで虎ノ門のおいしい洋菓子店の話をしていたのに、驚くべき変わり身の早さである。

だが亜季の上司も負けておらず、戸惑うことなく返した。

「今回は対象国が複数となるので、ＰＣＴ出願を考えています」

「ほう」と又坂は少々眉を持ちあげる。「自信ありの発明なわけね」

「僕はどんな発明も自信を持って出願してますよ」

「そんなのわかってるよ、言葉の綾だよ綾」

「実は『カメレオンティー』の改良技術の出願なんです。先日米国で登録になった『カメレオンティー』の関連特許にアメリカの企業が興味を持っており、実施許諾する可能性が出てきまして」

「なるほどねえ、他社も興味を持つ技術だってわかったから、今回の後続出願で権利を海外含めて拡充したいってわけね」

「ええ。そもそも月夜野ドリンクの事業計画では、飲料文化の比較的近い東アジアを足がかりとして、将来的には欧米への進出も見据えているんです。よって今回の改良技術は、将来の権利活用を見越して、多くの国で権利化を進めていこうと考えています」

「景気のいい話だねえ」

又坂はのほほんと言いながら、デスクにどんと置かれたパソコンに、北脇の言葉をものすごい速さでタイプしていく。タイプしながら、置いていかれないように懸命に頭を働かせている亜季に尋ねた。

「藤崎さんは、国際出願に関わるの初めて？」

「え、あ、はい、初めてです」

亜季は姿勢を正した。

今回この又坂国際特許事務所にやってきたのは北脇の言うとおり、『カメレオンティー』をさらにエッジが効いた味わい、つまりはおいしく仕上げるための改良技術を、世界各国で特許にしようと考えてである。いつもは日本の特許庁に出願し、日本の特許権を得ているのだが、それだと国内でしか権利が保護されない。それで外国でも同じように権利を認めてもらうために、国際出願なるものをする予定だ。

北脇が取り扱っているのを見たことはあるが、がっつり関わるのは亜季は初めてだった。

「初めてか。じゃあPCT出願ってなにかは知ってる？」

さらっと訊いてくる又坂をよそに、北脇がじろりと視線を向けてくる。試されてるぞ、大丈夫だろうな、の視線である。

亜季は慌てて「もちろんです」と答えた。

「日本の特許庁に書類を出すだけで、ＰＣＴ——特許協力条約を批准(ひじゅん)してるすべての国の特許庁に出願したのと同じ扱いにしてもらえるっていう便利制度ですよね」

北脇がほっと息を吐いたので、亜季も胸をなでおろした。前橋(まえばし)市内の会社から上京する行きの新幹線の中で、急いで教えてもらっておいてよかった。

知財の権利は、基本それぞれの国の中でのみ有効だ。当然と言えば当然である。法律が違えば審査方法も、その結果得られる権利範囲も異なるのだから、日本で商標なり特許なりに認められたからといってアメリカで振りかざせるわけもない。

しかしこの情報化社会、自国のうちで権利をきっちり守ったところで意味がない場合もある。公開された権利は世界中からアクセス可能で模倣(もほう)も容易なため、日本の権利があったとしても、他国でパクられた場合はなんの手も打てず泣き寝入りなのだ。

実際とある国で『緑のお茶屋さん』に名前がそっくりな飲料が絶賛発売中だが、月夜野ドリンクは手を出せない。なぜならその国では『緑のお茶屋さん』を商標登録していないからである。その国ではそもそも権利を持っていないから、明らかなパクリも黙認せざるをえない。権利侵害もなにもあったものではない。

そういうことにならないように、とくに海外進出を考えている場合、重要な知的財産は他国の特許庁にも出願して権利化をめざすべきである。だがこと書類が細かく複雑な特許では、それぞれの国の特許庁にそれぞれ違う形式の書類を提出しているようでは日が暮れるため、ひとつ書類を自国で出したら、わざわざそれぞれの国の異なる形式で手続きをする必要もなく、条約加盟国のすべての国に出願したのと同等の扱いを得られる便利制度ができた。これがＰＣＴ出願である――。

というのが、北脇が新幹線で付け焼き刃ながら教えてくれた話だった。もっとも、複数の国で権利確保しようとすれば莫大なコストがかかるので、このＰＣＴ出願を利用するような発明は、それだけ事業戦略上重要で、かつ内容にも自信があるものだけだ。

「そういうこと。出すのは楽だけど、実務は大変なんだよねーあれ。結局審査はそれぞれの国で別だから、いろんな特許庁の審査官と逐一やりあわなきゃいけないでしょ？　外国にはすごい変わった審査官がいるんだよ。的外れな指摘をしてきて審査を延々続けたり、ガバガバな書類をてきとーに審査したり。審査官によって審査基準もむちゃくちゃ、気まぐれで審査してんじゃないのって国もあるからね。日本の特許庁はほんと真面目、世界で一番優秀だとわたしは思ってるよ」

やはりすごい勢いで文章を入力しながら、又坂は近くのスーパーの接客に文句をつけるみたいに言う。

ぽかんとしている亜季に代わり、確かにそうですね、と北脇が苦笑した。

「日本の審査は厳正な印象があります。あまりに真面目に審査されるから、外国の審査官は、しれっと日本の審査結果を参照して審査してるんじゃないかって噂までありますね。

真偽のほどは定かではないですが」

そうなのか。亜季はまだ日本の審査官ともやりとりしたことがないから、どれほど他の国と違いがあるのかわからないが、とにかく日本の審査官は優秀らしい。

とすると、だ。

だんだん心配になってくる。今お願いに来ている案件ではなく、亜季がひとりで手がけ、今頃審査の順番を待っているであろう、通称『メロンのワタ案件』のほうである。

あれはメロンのワタを使ってメロンジュースの風味を向上させるという、革新的な発明だった。この権利が確保できたら、向こう十数年はこの分野で戦える、そうみんなが期待しているものなのである。

だがもしそれが、審査官にだめだと言われてしまったら。特許になんてならないと拒絶されてしまったら。

どうしよう。怖くなってきた。

ずっと期待されるのが大好きだった。期待してほしかった。もし裏切ってしまっても、また頑張る、もう一度期待されるまで踏んばる、それでいいと思っていた。

でも知財の仕事ではそんな悠長なことは言えないのだ。ひとつのミスが、思い違いが、とてつもない影響を及ぼすかもしれない。みなが必死に築きあげた汗と涙の結晶を壊してしまうかもしれない。壊してから、また頑張りますなんて許されない。

なんて亜季が悶々と思い悩むあいだも、軽快な会話は続いていく。

「おたくの会社も、どんどん国際出願すればいいのに」

「重要な技術はそうしたいですが、なかなか手が回りませんよ。コストとの兼ね合いもありますし」

「まあね。でも食品とか飲料って、商標意匠は力を入れてるけど特許はあんまり、ってイメージがあるじゃない。実際は違うとしても、外からそう見えるのは問題だから頑張ったほうがいいんじゃない？　知財リテラシが低いと思われると、パテント・トロールに目をつけられる可能性もあがるし」

「『特許の怪物』ですか？　そんなもの、日本にはそうそういないでしょう」

「それが昨今そうでもなくてね。たとえばこの『総合発明企画』って会社は――」

ディスプレイを覗きこもうとしたところで、北脇は亜季が心ここにあらずだと気がついたようだった。

「……藤崎さん、具合でも悪いの」

又坂も顔をあげる。「休憩室貸そうか？」

「え、いえいえ！　全然元気です！」

亜季は飛び跳ねるように顔をあげた。

最悪の事態をつい考えたが、きっと大丈夫だろう。

それに。期待を全力で受けとめることのできる亜季を評価してくれた北脇に、それが怖くなっているなんて言えるわけもない。

そんなこんなで『カメレオンティー』の改良技術は、ＰＣＴ条約に則って各国で特許を目指すことになった。もっとも亜季はほぼなにもしていない。実務はおおむね北脇がこなしたし、書類を作るのは又坂国際特許事務所の弁理士だった。さらには特許の常として、それぞれの国の審査が始まるのはだいぶあとということで、亜季がＰＣＴ出願なるものの存在自体をすっかり忘れそうになっていた、そんな頃である。

「藤崎さん、外国語に堪能だったりする？　特許の話できるレベルで」

イラストレーターのハナモに描いてもらった新しい『月夜ウサギ』に関する契約書をチェックしていると、やや苛ついている様子の北脇に声をかけられた。

「え、外国語……しかも特許の話ができるレベル？　全然無理です」

きりりと答える。無理に決まっている。

「語学が必要な仕事があるんですか？」

「外国の特許庁の審査官と電話でやりあわなきゃいけなくなった。それでもし堪能だったらと思ったんだけど」

なるほど。さきほど又坂国際特許事務所から電話が来たと思ったら顔をしかめだしたのは、それでか。知財部ではいつも青天の霹靂みたいに厄介ごとが発生する。

「何語が必要なんですか？　熊井さんはわりと語学が堪能だったような」

「英語とイタリア語と韓国語しかだめって言われた」

むしろそんなに喋れるのか。すごい。

「僕も英語以外は厳しいんだよな。困った」

「英語じゃだめなんですね」

「そう。中国の審査官を説得しなきゃいけないから」

どうやら北脇曰く、かつて出願した発明が中国で審査に入ったのだが、審査官がこんなもん特許にならんと言ってきたというのである。

「だけどあっちの言い分を読んだら、単純にこちらの技術を勘違いしているっぽいんだよな。だから丁寧に説明すれば、問題なく特許になると思うんだけど。あの国の審査官は、直接電話でやりとりするだけで、かなり心証を変えてくれるし」

なるほど、それで北脇は中国語を話せる人間を探しているのか。日本から直接電話をかけて審査官を説得さえできれば、一転特許として認めてもらうことも可能だと踏んでいる。

「だけど困ったことに、向こうの審査官に説明できる人間がいないわけだ」

それで北脇は困っているようだった。

「あれ、でも外国への出願って、普通はその国の言葉に堪能な代理人さんにもろもろお願いしますよね？　その出願だって、又坂国際特許事務所に勤める中国出身の弁理士さんに代理人になってもらってたはずです。その人に頼めばいいんじゃないですか？」

「もちろんその人に頼もうとしたよ。だけど運悪くというかなんというか、ちょうど昨日から、休暇で祖国に帰ったらしい」

「……日本に戻ってきてから電話してもらうんじゃ駄目なんですか」

「これからあの国、長期休暇期間に入るでしょ。当然審査官だって休みをとる。しょうもない誤解をしたまま休みに入られて、間違った心証を固められたら困る」

「誰でもいいから喋れる人を探すとか」

「世間話するわけじゃないんだ。語学に堪能、かつ技術に理解があり、中国の特許法と実務に精通している人間じゃないと、とても任せられない」

北脇は組んだ指に額を乗せて、盛大にため息を吐いている。

そこで亜季はふと気づいた。あれ、これもしかして、愚痴を打ち明けられてる？

亜季が外国語を喋れない以上、詳細を話したところでなにも解決しないのは、北脇もわかっているはずだ。つまりこれは、ただ聞いてほしいから言っているのである。間違いなく愚痴である。

そんなこと、今まであっただろうか？

などとにやつきそうな頰を両手で押さえていると電話が鳴った。外線だ。

「月夜野ドリンク株式会社でございま――」

『あー藤崎さん、久しぶり。又坂です』

　亜季に挨拶させる間もなく、又坂はいつもどおりの早口で言った。

『北脇さんが、中国の特許庁に応答できなくて困ってるって聞いたんだけど』

「実はそうで――」

『じゃあ明日の午後三時くらいに、あっちの審査官に応答したい内容持参で虎ノ門まで来てくれる？　そしたらどうにかするから。じゃね、今別件の打ち合わせ中だから』

「え、あの」

　切れた受話器を手に唖然（あぜん）としている亜季を、北脇は胡乱（うろん）げに覗きこむ。

「……さらなる厄介ごとでも降ってきた？」

　亜季はいいえ、とあいまいに首を振った。

「たぶん、おそらく、救いの手だとは思います……」


　とにかく又坂がどうにかすると言っているのだから、行かないわけにはいかない。次の日、北脇と亜季は新幹線に乗りこんで虎ノ門を目指した。別に亜季は行かなくてもよかったのだが、電話で『来てくれる？』と言われたのは亜季なので、念のために同行する。

　又坂国際特許事務所は、特許庁のすぐ向かいの高層ビルの二フロアを借り切っている。

通された会議室で又坂を待つあいだ、亜季はガラス越しに、まだ足を踏みいれたことのない知財の総本山、特許庁の勇姿を眺めた。

　あのビルのどこかで近いうち、亜季が精魂込めて完成させた『メロンのワタ案件』が審査されるのだ。

「なに特許庁拝んでるんだ。又坂さん来たよ」

　北脇に言われて慌てて振り返ると、ガラスドアの向こうから早足で歩いてくる又坂が見えた。その颯爽とした足どりに、亜季は見とれた。どうしたらこんなふうに格好いい女性になれるのだろう。亜季のようなんとなく生きている人間には無理なんだろうか。揺らがぬ強い意志で夢を追いかけ、自分の道を貫かねばなれないものなのか。

　ドアから現れた又坂は、亜季たちを見て手をあげた。

「いらっしゃい、あっちの審査官を説得できるような応答、考えてきた？」

「はい」

「オッケーじゃあ電話役の弁理士呼ぶわ」

と又坂は誰かに電話をかける。「うん、そう。じゃあ今すぐ来てくれる。もちろんそれ持参で」

　そうして手早く連絡をつけるや、颯爽と「またあとで来るわ」といなくなってしまった。

「……電話役の弁理士を呼ぶって言ってましたね。又坂さん顔が広いから、どこかの事務所から言葉がわかる人を連れてきてくれるんですかね」

「そうみたいだな」

かの国の特許制度や実務に精通し、もちろん言葉もぺらぺらの誰かを探しだしてきてくれたのだろう。

とにかく待つしかない。北脇は時間がもったいないと別件の打ち合わせに担当弁理士と行ってしまい、亜季はひとり部屋でパソコンを眺めていた。昼過ぎで、おなかが空いてふらふらする。なにか小腹に入れておけばよかった。

そうして待つこと数十分。

「来たよー」との又坂の声とともに、ドアが勢いよくひらく。亜季は期待して振り返った。待ってました、救いの手――

「どうも、お久しぶりです」

さわやかに入ってきた人物と目が合って、え、と亜季は眉を寄せた。ドアの前で微笑んでいるのは、いつぞやのラーメン店主、林さんではないか。

なんで林さんが。

亜季が固まっていると、又坂はさっさと向かいの席に腰を下ろした。

「おなか空いたから、炒飯持ってきてもらったんだよね。ラーメンは伸びるじゃない、だから炒飯」

見れば確かに林さんは白い調理服に黒いエプロンの出で立ちで、手には木製の岡持を携えている。なんだ、と亜季は照れ笑いを浮かべた。出前が来たのか。びっくりした。

にしても、これから弁理士が来るというときに出前か。又坂は本当に肝が据わっている。

そうして亜季がびっくりしたり納得したりしているあいだに、又坂はほかほかの炒飯に「いただきまーす」とレンゲをさしこんだ。

「あーおいしい。藤崎さんたちも当然食べるでしょ？　三人分頼んだから」

それは嬉しい、待ってました――じゃない。

「えっと……どうしましょう」

上司を差し置いてご馳走になっていいのか、そもそも食事をしている場合か？　と一瞬悩んだものの、空きっ腹が主張する。粒が立って輝いている、正真正銘、お店でつくった炒飯だ。おいしそう。

しょうがない、所長に勧められたら食べないわけにもいかないし。

「では、いただきます」

背を伸ばして座りなおした亜季の前に、林さんは黄金に輝く炒飯をそっと置いてくれた。

「お気に召すとよいのですが」

そして笑みをたたえたまま、亜季にこう切りだした。

「我が国の審査は、どの審査官に当たるかで結果が変わってしまうなどと揶揄されることもありますが、ご安心ください、藤崎さん。是非はともかく、わたしはその特徴をうまく利用するべきと考えています。そもそも相手方の審査官は月夜野ドリンクさんの技術を単純に誤解しているだけのように見受けられますから、うまく角が立たぬように説明すれば、ころりと態度を変えるでしょう」

亜季は事態がよく飲みこめないまま、ぽかんと林さんを見あげた。

え、なんだって？

そんな亜季を、林さんは紳士な仕草で促した。

「冷めないうちにどうぞ」

「いやでも」

「ぜひおいしいうちに」

重ねて微笑まれると、レンゲを持ちあげたまま固まっていた亜季もうなずかざるをえない。結局狐に化かされたような気分で手を動かす。

「それじゃあ、遠慮なくいただきます」

なにがなんだかわからないまま、一口。

「……おいしい！」

思わず叫んだ。本当においしい。林さん、天才じゃないだろうか。とりあえず、いろんな疑問は横に置いてもいい気がしてきた。まずは炒飯食べよう。そうしよう。

と決意してさらに炒飯を掬おうとしたとき、

「おいしい、じゃないでしょ」

と呆れかえった上司の声が響いた。

慌てて顔をあげると、信じがたいという目をした北脇が、腕を組んでドアにもたれかかっている。

まずい。

「あ、えっと……北脇さんも食べます？」

愛想笑いでお誘いしてみたものの、案の定と言うべきか、上司の表情はすこしもまったく変わらない。

「食べるまえに、林さんに尋ねることあるだろ」

ですよね、すみません。亜季は小さくなった。仰るとおりである。仰るとおりなのだが、つい炒飯がおいしくて、そちらに注力してしまった。

しかし林さんは北脇の嘆息などどこ吹く風で、むしろ穏やかに促した。

「北脇さんのぶんもありますから、温かいうちにどうぞ。召し上がっているあいだに審査官への応答案、見せていただけますか？」

「本当はそのために来てくださったのでしょうから、ぜひお力をお借りしたいのですが……」北脇は咳払いして林さんに向かい合った。「そのまえに林さん、失礼ながらご経歴をお伺いしても？」

「もちろんです」と林さんは微笑んだ。「祖国の大学で機械工学の修士号をとり、二年後に弁理士資格および弁護士資格を取得しました。その後祖国で五年、そののちこちらの又坂さんのもとで十年、弁理士として働いた経験がございます。ご心配なく、大学は機械工学で修了しましたが、今は食品系にも造詣（ぞうけい）が深いと自負しておりますので」

そのたいそう立派な経歴に、亜季は苦笑いするしかなかった。

しかし北脇が気にしてるのは大学の専門じゃないと思うし、林さんの食品系への造詣は、知財的な意味じゃなくて別の部分で深いんじゃないかとも思うのだが。

北脇はしばらく考えていたが、やがて肩の力を抜いて鞄（かばん）に手をかける。用意してきた書類を取りだし林さんに手渡した。

「こちらの内容を、審査官に伝えていただければ」

「承知いたしました」

林さんはエプロンで両手を拭（ぬぐ）い、書類を受けとる。

「ちなみにもうひとつお尋ねしてよろしいですか？」

「はい、どうぞ」

「国際的に弁理士として華々しいキャリアをお積みになりながら、なぜそのすべてを擲（なげう）って新たな道に進まれたのです」

林さんは、決まっているでしょうとでも言いたげに、お茶目に微笑んだ。

「これこそわたしが、人生をかけるべきものだと気がついたからですよ」

その後、北脇は普通に炒飯を食べはじめた。そうして亜季たちが炒飯に舌鼓を打っている間に、林さんは北脇が考えた審査官の説得案を読みこんで、ときおり的確な質問を飛ばしてきた。正直、目の前の素晴らしい炒飯がなければ、普通に凄腕代理人と仕事をしている気分だった。

打ち合わせがすめば、いよいよ審査官に電話をかける段となる。

ここでも林さんはすごかった。いつもどおりの穏やかな口調でよどみなく説明しているなと思っていたら、いつのまにかヒートアップして、超絶早口でまくしたてている。その熱量に、ただただ亜季と北脇は圧倒された。というか喧嘩になっていないか。大丈夫か。

はらはらしたものの、電話を切った林さんは満面の笑みで告げた。

「あちらの審査官、理解してくださいましたよ。少々文言に補正が必要ですが、登録の方向なのは間違いありません」

これでもう大丈夫、そう太鼓判を押す。そして颯爽と、空になった皿を回収して帰っていったのだった。

「リンちゃんね、ラーメン文化に心を打たれちゃったらしいんだよ」

どっと疲れて所長室のソファに座りこんでいる亜季と北脇を横目に、きびきびとヨガっぽい動きをしながら又坂は言った。

「それで、自分が人生をかけるべきは知財じゃない、ラーメンだってあっさりと鞍替えしちゃったわけ。腕のいい代理人だったから驚いたけどね。でも快く送りだしたよ。リンちゃんのラーメンおいしいし、こうして困ったときは働いてもらうから、まあいいかな」

　それに、とぴたりと片足立ちで静止しながら又坂は言う。

「一度きりの人生、自分に嘘をついてるうちに終わっちゃうのなんてもったいない、心から望む道を進むべき。それはわたしの信念でもあるからね。やっぱり人間、しがらみとか、お金とか、いろんなものに縛られるけどさ。心の底から湧きあがる『好き』って気持ちを無視して生きちゃだめなのよ。ねえ北脇さん」

　思わせぶりに声をかけられ、北脇は辟易したように返した。

「何度も言ってますが、僕は今のキャリアに不満はありませんよ」

「やだなあ。本当はどういう意味か、わかってるくせに」

　又坂はちょっとやさしい声で言うと、豪快に上半身をのけぞらせた。

「ま、転職を決断したらいつでも相談してね。藤崎さんもね！」

　帰り道、亜季は北脇と連れだって東京駅まで歩くことにした。地下鉄で人にもまれる気力がないし、なにより天気がいいのでと言ったら、北脇も歩きたいと答えたのだ。

「――なんというか、又坂先生も林さんも、自分の道を貫いて格好いいですね」

「藤崎さんだって同じ人種だろ」

北脇はどこかぼんやりと、大きな建物に目をやっている。なにかの省庁のビルだろう。歩道をゆくのは、忙しそうなスーツの人間ばかりだ。

「わたしは全然違いますよ。望む道なんて見つけてもいないですし」

「自分の気持ちに素直で、自分に嘘をつかないじゃないか」

「……そういうわけでもないですよ」

いろんな妥協をして生きている。自分の気持ちに目を背けているところもおおいにある。

「でも」

と亜季は建物のさらに上、晴れた空に流れる雲に目をやった。

「仕事に関しては、今の自分の生き方が、又坂先生たちに劣(おと)っているとも思いません。そりゃ自分から望んで知財部に来たわけじゃありませんし、心からやりたいことをして、なりたい自分になるほうが格好いいし憧れますけど、誰もが又坂先生たちみたいに生きられるわけじゃないですし。自分ができることをなんとか見つけだして、そこで一生懸命働くのだって、同じくらい格好いいし、楽しいことだと思うんです」

亜季や北脇が、そうやってこの世界に入ったように。そうして日々生きているように。

すくなくとも亜季は、今、楽しい。

「相変わらず藤崎さんは前向きだな」

「皮肉ですか？」

「褒めてるんだよ」

と北脇は言ってから、ふいに足元に、どこか寂しそうに目を落とした。

その視線の意味を、亜季は尋ねられなかった。

——心の底から湧きあがる『好き』って気持ちを無視して生きちゃだめなのよ。

又坂の、あの思わせぶりな言い方はどういう意味だったのだろう。

「北脇さん」

「なに」

「『メロンのワタ案件』が無事特許になったら、一人前になったたって言ってくれますか？」

北脇がこちらを見たのがわかったが、亜季はまっすぐ前を向いていた。広い通りには、それほど車は走っていない。東京のど真ん中なのに、どこかのどかだ。

「……もちろん言う」

そっか。よし。

亜季はひとり決意して、努めて明るく足を踏みだした。

「絶対ですよ。あー楽しみですね！　早く審査始まらないかな！」

もしあの発明が無事特許として認められたら、北脇に言おう。月夜野ドリンクは大丈夫だから、自分の思うように、好きなように生きてくださいって。

【0005】

仲間とは、同じ理想を目指す人

「あのね、藤崎さん。椅子の上にふんぞり返っていれば、なにもかもが手に入るわけじゃないんだよ。ときにはこうして自分の足を動かさなきゃ絶対に得られないものがある」

思いがけず春の陽気の昼下がりである。特許事務所での打ち合わせを終えて、上司のありがたい言葉を拝聴しながら虎ノ門の路地を歩く亜季は、つい分厚いコートの首元をぱたぱたとして風を送った。完全に服装を間違えた。

いつもはパリッとしたチェスターコートを着こなしている北脇も、ここまで暑くなるとは予想できなかったらしく、今日は脱いだコートを腕に抱えている。

だがその足どりは暑さなどものともしなかった。まさに今、自分の足を動かさねば絶対に得られないものを獲得にゆくところだからである。

それがなにかと言うと、まあ、あれだ。お菓子である。それも特許庁から歩いて数分の有名洋菓子店でしか購入できない、激レアのクッキー缶だ。

「お取り寄せするのじゃだめなんですか？　北脇さん、いつもいっぱいお菓子を取り寄せてますよね」

最初は『わたしもなにか買おうかなー』などと軽い気持ちで同行を決めた亜季だが、さすがに暑くてこう尋ねた。北脇が自分のデスクの引き出しに隠し持っているお菓子は、ほとんどが各地からのお取り寄せ品だ。なぜ今日に限って自分で買いに行くのだろう。

と北脇は、大げさに眉を持ちあげた。

「今言ったでしょ。椅子の上に座ったままで、なにもかもが手に入るわけじゃない」

「……つまり今から買いに行くクッキーは、お取り寄せできない商品ってことですか」

「そのとおり。手の込んだ商品は数を作れないからな。このクッキーは取り寄せできないどころか、普通にふらっと買いに来ても購入できない」

「予約しないと駄目ってことですか？　そんな、じゃあ買えないじゃないですか」

「大丈夫、ちゃんと予約してある」

「北脇さんじゃなくて、わたしがですよ！　せっかくついてきたのに」

がっくりと肩を落とした亜季を、北脇はいけしゃあしゃあと励ました。

「ケーキを買えばいい。そっちも絶品だよ。この時間ならまだ売り切れていないはず」

「じゃあ――」

奢（おご）ってくれます？　と尋ねようと思ってやめた。

北脇が業務と関係ないなにかをくれたことなんて数えるほどしかない。私物を無償で与えるとはつまり、気持ちを分けたようなもの。だから簡単に行えるものではないと、この上司は常々公言している。

北脇という男はこう見えて繊細なのである。北脇自身がそのあたりをきちんと認識しているのかは甚だ疑問だが。

「なに？」

「いえなんでも」

だったらいいけど、と北脇は、ビルの一階、瀟洒な店のガラス扉に手をかけた。ここが件の洋菓子店のようだ。

亜季も気を取り直して続いて扉をくぐり、とたんに目を輝かせた。重厚感溢れるショーケースには、見るからにおいしそうなケーキがずらりと並んでいる。見た目が派手なわけではないからこそ、かえって確信した。これ、絶対おいしいやつだ。

よし。

北脇が予約していたクッキー缶を購入する間、亜季はショーケースの前に張りついて真剣に吟味を重ねた。超人気店らしく、昼前だというのにすでに売り切れている商品も多い。迷うあいだにも買い求める客はあとを絶たず、ますます残りは少なくなっていく。でも焦っちゃだめだ。焦りは判断を鈍らせる、たぶん。

「決まった？」

会計を済ませた北脇に声をかけられても、まだ亜季は眉を寄せていた。

「ふたつまで候補は絞れたんです。ザッハトルテか、カイザーショコラか……たぶんザッハトルテは、この店の看板商品の気がするんですよね。でも自分としてはカイザーショコラのほうが食べたいような気がして」

「どっちも買えばいいだろ」

「だめですよ！　こういうの、なんとなく、なあなあで選ぶのは嫌なんです。正面から向き合ってちゃんとひとつに決めないと、ケーキに失礼じゃないですか」

それは亜季の信条だ。人間関係もケーキも、中途半端はだめなのだ。

「それはいい心がけだな」

北脇は意外にあっさり同意して、すこし笑った。「だったらゆっくり迷うといい。待ってるから」

不思議なもので、そう言ってもらえると迷いが消えてゆく。

決めた。カイザーショコラにしよう。

「こっちにします」と北脇にささやいて、ショーケースに向き合った。カイザーショコラはあとひとつ。早く注文しなければ。

「あの、すみませ――」

「注文いいですか、カイザーショコラひとつ」

早足で入ってきたスーツの男性が、亜季の隣に立って声をあげた。

え。亜季は口をひらいたまま、目をみはって男性を見やる。買い求めたのはまさに亜季が頼もうとしていた、最後のひとつではないか。

「ちょっと、ちょっと待ってください」

このままではかっさらわれる。慌てて身を乗りだすと、男性は冷ややかに振り向いた。ドラマに出てくるエリート官僚みたいな見た目で、視線も鋭い。怖い。

「なんです」

「いえ、えっと、あの……」

まごついている亜季の代わりに、つかつかと歩み寄った北脇が口を挟む。

「譲ってあげていただけませんかね、冴島さん」

北脇が助け船を出してくれるとは思わなかった、助かった――と思ったのも束の間、亜季はまたも口をぽかんとあけた。『冴島さん』だって？

「……お知り合いなんですか？」

「ちょっとね」

北脇がつぶやくと、冴島と呼ばれた男のほうも冷たく微笑んだ。

「なんだ、北脇さんではないですか。こんなところで会うとは驚きました。今日はお仕事ですか。弊社に？」

「違いますが、仕事での上京ですよ」

「であれば彼女は北脇さんの部下ですか」

と冴島は、なにがなんだかの亜季に瞳を向ける。

「そうです。ですから譲ってくださいませんかとお願いしているわけです。彼女はあなたよりさきにこの店を訪れて、その品をちょうど購入するところだった」

「お断りします」

「冴島さんは明日でも明後日でも、いくらでも当該商品を購入できるでしょう」

「お断りします」

冴島はもう一度言うと、「北脇さん」と厳しく呼びかけた。

「知財を扱うあなたが、そのような陳情をするとは呆れます。欲しいなら、他の人間より早く手に入れる。それが知財の鉄則では？　ケーキも同じ。わたしが頼むよりもさきに購入していればよかったんです。買おうと思っていたから、遠いところからせっかく来たのだから。そんなもの、わたしが譲歩する理由には一切なりません」

「ですが――」

「意見を述べるのは一度きりでお願いします」

冴島はぴしゃりと遮ると、北脇から顔を背け、戸惑っている店員に笑顔で告げた。

「カイザーショコラひとつ」

なんか、思わぬところでえらい目にあっちゃったな。

数日後、知財部の自席でメールチェックをしながら、亜季は洋菓子店の一件を思い返していた。

あの日、冴島なる男に目の前でカイザーショコラをかっさらわれた亜季は、それはそれは凹(へこ)んだ。だがまだ在庫が残っていたザッハトルテは買えたし、それがあまりのおいしさだったから、結局機嫌はすぐに直った。単純だなと北脇は呆れていたが。

なのでカイザーショコラを持っていかれたこと自体はよいのだが、あの冴島なる男が何者なのかは気になっている。

「北脇さん、あの冴島さんって方、どなただったんですか」

あまりに気になるので、北脇が一息ついたのを見計らってパソコンのモニター越しに問いかけてみる。

「あの店、特許庁のすぐ近くですし、きっと知財関係者ですよね」

特許庁の近くには特許事務所や弁理士会館といった、知財に関わる人々の集まる場所が多い。となればあの男も、間違いなく知財に携(たずさ)わる人間だろう。というかあの口ぶりを鑑(かんが)みるに、知財関係者以外はまずありえない。

「まあね」

やして北脇から短い返事が返ってくる。あんまり語りたくなさそうな気配である。

なんだろうと亜季は首を捻る。北脇の親会社の、気の合わない同僚だろうか。それとも同業他社の知財部員か？　同じ権利を争った過去があったりなんかして。

いやでももっとなんというか、そう、敵の気配がする。

だが亜季は、弁理士や知財部員の敵というのがよくわからなかった。こと北脇は、職務上のやりとりはビジネスと割り切っている人間である。

「あ、もしかして、『総合発明企画』の人ですか？」

ふと思いついて尋ねてみた。「このあいだ又坂さんが仰っていましたよね。パテント・トロールでしたっけ。注意したほうがいいって」

パテント・トロール――『特許の怪物』。

普通の企業が特許を自社の財産として扱うのに対し、訴訟の種として転がすことを生業とする者である。どこからか集めてきた特許を振りかざし、巨額の賠償金やライセンス料を請求する脅迫まがいの行為に走る場合もある。一時期米国を中心に猛威を振るったが、法改正などもあり往時の勢いはなくなったとされていた。

だが又坂は、そのパテント・トロールに近い活動をしている『総合発明企画』なる会社が、近頃日本でも活発に動いているから注意するようにと忠告していたのである。

と、北脇がモニターの向こうで、思いきり顔をしかめたような声を出した。

「なんでパテント・トロールの人間の名前を僕が知ってるんだ。そんなやつ、知り合いになんて絶対なりたくない」

それもそうか。

「……でもだったら誰なんですか、冴島さん。どこの会社の人なんです。『弊社』って言ってましたけど」

「いやあのひとは──」

と言いかけたところで、北脇はふと気がついたようにパソコン画面を覗きこんだ。

「藤崎さん、鶴田さんからメール来てるよ。これ、藤崎さんが担当した案件に関してじゃない」

え、と亜季も画面にかぶりついた。なんと、亜季入魂の『プレミアムメロン』に使用された技術の出願、いわゆる『メロンのワタ案件』関係のメールのようである。

しかも書類が添付されている。ということはとうとう、『メロンのワタ案件』が審査され、結果が通知されたのか。

ドキドキしてきた。

どうか特許査定、と書いてありますように。

無事に特許になったという報告であるよう願いながら添付ファイルをひらき──亜季は青ざめた。

『拒絶理由通知書』

「どうだった――って、なにこの世の終わりみたいな顔をしてるんだ」

北脇が眉をひそめてモニターの向こうから顔を出す。

いやだって、と亜季はわなわなとパソコン画面を指差した。

「書類にはっきり、拒絶って」

何度見ても間違いない。亜季が初めてひとりで、渾身の力と情熱を傾けてまとめた『メロンのワタ案件』。これはその、『拒絶』の『理由』の通知書である。

拒絶とはすなわち、特許にはできないという通告。

ショックで固まる亜季を一瞥して、北脇はやれやれと立ちあがった。

「まさか一巻の終わりだとでも思ってないよな？　それはただの『拒絶理由通知』でしょ。特許にできないって知らせの『拒絶査定』じゃない。まったく意味が違う」

「もちろんわかってます！」

こいつ大丈夫かと思われるまえに、亜季は慌てて両手を振った。

わかっている。これは別に『お前の出願、もうダメな』という打ち切り宣告ではない。単なるダメ出しの通知である。

特許庁に出した出願が、なんの修正も経ずに権利を得るのはまれもまれ。ほとんどの場合は審査官に、『このままだとこれこれこういう理由であなたの商標なり発明なりは権利を得ることができません』と言い渡され、急いでロジックを組み立てて『いや登録できるはずですよ』と説得したり、ダメと言われた箇所をなくすよう文言(もんごん)に補正をかけたりする。それを審査官が再度チェックしてダメな部分が解消されていれば、ようやく『ならよし』と権利が認められる。

ようは審査官は、すくなくとも一度は駄目なところを指摘して、修正と再提出の機会を与えてくれるわけだ。だからこちらも落ち着いて指摘内容を分析して、次こそ拒絶理由が解消して権利が認められるよう、直せばいいだけの話である。

今までだって何度もそうやって補正してきた。『ぐるっとヨーグル』の立体商標も、林(リン)さんが手伝ってくれた外国出願も、そういうダメ出しを経て登録に至ったものだ。

「わかってるじゃないか。じゃあなんでそこまでショックを受けてるんだ」

「そりゃ、ダメ出しなんてもらわずに、ストレートに認めてもらえたらいいなって期待してたからですよ」

技術者として、知財部員として、それぞれの立場で手塩にかけたものだから、ダメ出しされたらそりゃ凹むし悔しい。それに。

「わたし、早く一人前になりたいんです」

　この案件が無事特許として認められれば、重要な案件の権利を、北脇の手を借りずとも守れるのだと証明できる。自分がいなくても大丈夫とわかれば、北脇もいくらか安心するだろう。自分自身の人生を考えられる余裕が生まれるだろう。

　そうしたら亜季は北脇に、月夜野ドリンクのために頑張らなくてもいいし、悪者にならなくたっていいと言ってあげられるはずなのだ。

「藤崎さん、へんなふうに気負ってない？」

「いえそんな！　全然」

　それでも北脇はしばらく考えこんでいたが、「まあ、ダメ出しで凹む気持ちはわかる」と冷蔵庫へ足を向けた。

「だったらこの案件、最後まで藤崎さんに任せるから、きっちり審査官を説得して、自分の手で特許査定をもぎとってみるといい。そうしたら自信になるかもしれないしな」

「……いいんですか？」

　拒絶理由通知が来た場合、亜季たちはそのダメ出しに対して、意見書という書類で反論することになる。この書類上でロジックを組み立てられなければ、特許査定を得ることはできない。

「わたしがうまく審査官に応えられるような意見書を書けなかったら、この案件は特許にできないまま終わっちゃいますよね」

「怖いの？」

北脇は『緑のお茶屋さん』を亜季の机に置きながら尋ねてくる。

亜季は口をぎゅっと結んだ。怖いとは答えたくない。でも正直に言えば結構怖い。この打席で自分がアウトになったら大会敗退なんて場面、今までの人生でほとんど経験したことがないのだ。そういう場面で矢面に立たずともすんできたし、そもそも立ちたくても立てるほどの力がなかった。

黙っている亜季を見て北脇は息をついた。そして、だったらと口をひらく。

「意見書を出すまえに、審査官に直接説明してみればいい」

「……直接会って説明できるんですか？」

「面接審査といって、希望すれば直接こちらの主張を聞いてもらえる機会がある。いきなり意見書を出すよりは、審査官の考えを知られて対策も立てやすいし、なにより直接話すから藤崎さん向きだろう」

「それはよさそうな気がしますけど……わざわざ会って説明なんてできるんですか？　知的財産の審査は、書面に書いてあることがすべてじゃなかったんでしたっけ」

「基本的にはそうだけど、あっちも人間だから」

「人間、ですか」

「そう。別に審査官は敵じゃないし、面と向かって説明したほうがお互い意思疎通できる場合も多い。特許庁の審査官と僕ら、目的が異なるわけでもないしな」

　敵ではなく、目的が異なるわけでもない？

いや、審査する側とされる側、立ち位置がまったく逆ではないか。だいたい審査官という名前からして、圧迫面接みたいのしか思い浮かばない。

「大丈夫、審査官の大半は穏やかで理知的だよ。ときおりとんでもなく厳しくて、それこそ圧迫面接みたいな面接をしてくる審査官もいるけど、親身になってこっちの話を聞いてくれる人も多い。どうする。やってみる？」

　亜季は一瞬浮かんだ迷いを振りはらい、拳を握った。

「やってみます、やらせてください！」

　怖じ気づいている場合ではない。

「それでわたし、なにからすればいいですか。意見書提出の期限は六十日以内ですよね。面接はそれより前じゃないとだから、あんまり時間がないですね」

「焦らなくていい。とりあえず今日は基本的なところを確認しよう。拒絶理由の適用条文は？　どの条文を根拠に、審査官は藤崎さんの出した書類に文句をつけてきてる」

　えっと、と亜季は審査官が寄こした書類を覗きこんだ。

「第二十九条第二項と、第三十六条です」

「進歩性違反と、サポート要件違反か。ある意味予想どおりのところに指摘がきたな」

北脇に焦る様子はない。いまだに条文と聞くだけで苦手意識が膨らんでしまう亜季は、すこしほっとした。

「あとはそうだな、担当の審査官は誰だった」

「……それって重要なんですか？」

「ものすごく重要。審査官にはそれぞれ審査の癖があるから」

そういうものなのか。今まで誰が審査しているのかをあまり意識したことがなかった。

再び亜季はパソコンを覗きこんだ。

「この特許の審査を担当しているのは――冴島巌審査官です」

どういう人だろうな、と考えつつ書類をスクロールして、亜季は首を傾げた。

ん、冴島だって？

はっと目を向けると案の定、上司はびっくりするほど顔をしかめている。

間違いない。このあいだのカイザーショコラの人だ。

なるほど。敵は敵でも、特許庁にいる敵だったか。

などと思いつつ亜季が『メロンのワタ案件』の資料をまとめていると、帰り支度をしていた熊井が苦い顔をした。

「冴島審査官かあ。ちょっと厄介な人を引き当てちゃったね」

ちなみに北脇は、定時早々すでに帰宅している。

「いまどきの特許庁ってすごくユーザーフレンドリーで、審査官も親切なひとばかりなんだけど、あのひとだけは独特でね。法務部時代にも、『あなたの言い分はわかりました。しかし無意味な主張です』とか言い渡されちゃって、代理人の先生とすごすご帰ってきたな」

『無意味な主張』ときたか。それは厳しい。

亜季が口をへの字にしていると、まあ、と熊井は首のうしろに手をやる。

「もちろん冴島審査官の主張は正当で、うまくひっくり返せなかった僕らが悪かったんだけどね。あの審査官、すっごく頭が切れて、優秀な人なんだよ。だから審査も厳正。でもそれが悪いわけじゃない。厳正ってつまり、公平ってことでもあるから。きっと冴島審査官は、僕らの言い分が正しいと納得しさえすればきちんと認めてくれる人だよ。……だと思ってるよ、僕は」

歯切れが悪い。亜季はますます不安になってきて、そろりと尋ねた。

「でも冴島審査官、北脇さんと遺恨がありそうなんですけど」

パーティションに貼った奥さんとのツーショット写真の傾きを直していた熊井の手がとまる。

「……気づいちゃった？」

亜季はうなずく。気づいちゃいました。

「そうなんだよねえ」と熊井は息を吐く。「どうも北脇君と冴島審査官、お互いいけすかないやつだと思ってるみたいでね」

「まさか、月夜野ドリンクの特許をめぐってバチバチにやりあった過去があるんですか」

あのふたりががっぷり四つに組みあったら、大変なことになりそうだ。冴島はグサグサ来るだろうし、北脇はああ見えて負けず嫌いで、熱くなってしまうタイプだし。

しかし熊井は、いや、と笑った。

「もっとくだらない話らしいよ。特許庁の講演会で、冴島審査官が些細な言い間違いをしたんだって。それを北脇君が指摘したのが発端だとか」

「ほんとにくだらな……いえ、つまりは冴島審査官の逆恨みってことですか。ミスを指摘されたのに気を悪くして、北脇さんをなんとかやり込めようとしてると」

「まあそれは単なる発端で、たぶん相性が悪いんだよね、彼らは」

なんだかな、と亜季は思った。心の狭い審査官も審査官だが、北脇もなにをしているのだろう。あちらは審査する側、こちらはされる側だ。明確なパワーバランスの不均衡があるのだから、ミスなんて放っておいてへこへこしておけばいいのに。

でもそういう計算、結構苦手なんだよな、あのひと。

「もしかして審査でも、意地悪されたりしてます？」

「さすがにそれはないよ。冴島審査官の指摘はいつも的を射ているし、北脇君や月夜野ドリンクに不利な審査をしたりもしない。北脇君だって、特許をめぐっては嚙(か)みついたりしないよ。そのへん彼らはよく似てて、すごく真っ当だから」

「似たもの同士なんですか？　だったらなんで相性最悪なんでしょう」

「似てるからこそかな。なんというか北脇君って、もうひとり自分が目の前にいたら、始終喧嘩(けんか)してそうじゃない？」

ああ、なるほど。

「わかります」と亜季は肩をすくめた。「確かに北脇さん同士って、ものすごく仲が悪そうです」

きっと同族嫌悪ってやつだ、とすこし笑ってしまってから、寂しい気分にもなる。

つまり北脇は、自分自身があまり好きじゃないのだ。

翌日、亜季が出願した『メロンのワタ案件』の書類一式と、冴島が送ってきた拒絶理由通知、それから引用文献などなど関係書類を会議用の大机に大きく広げたまま、北脇はギラッとした笑みを浮かべて電話をスピーカー状態にした。

「藤崎さん、拒絶理由通知の最後のほうに電話番号書いてあるでしょ。それ読みあげて」

「えっと、０３の……ってどうするんですか」

「冴島審査官にアポとって、面接の日程をとりつける。藤崎さんが応対して」

と番号を押し終えるや電話の前を譲られて、そんな、と亜季は慌てた。

「急すぎます。どうやって反論するか、全然決まってないんですよ？　それに普通は代理人の鶴田さんが連絡をとるんじゃ」

「反論方法なんてあとから考えるし、鶴田弁理士は娘さんの運動会で怪我して入院中だから、僕らが連絡するしかない」

「でも鶴田さん、深刻な怪我ではないですよね。退院してからお願いするんじゃだめなんですか」

「審査官は忙しいし、冴島審査官はそれほど面接に積極的じゃない。スケジュールに余裕がないことを理由に断られたくないでしょ。アポとりなんて早ければ早いほうがいい」

「そうかもしれないですけど、心の準備というものが」

などと亜季が泡を吹いているうちに、幸か不幸か電話はあっさり繋がった。

『はい、冴島ですが』

低い、冷たい印象の声がする。間違いなくこの間の、冷血審査官である。亜季は冷や汗をかきつつ上司を窺った。しかし腕を組んだ北脇は、口をひらく気は一切ないようだ。

『もしもし？　ご用件は？』

ええい、どうにでもなれ。亜季はやけになって声を張る。

「お忙しいところ失礼します！　月夜野ドリンク株式会社、知財部の藤崎と申します。弊社の出願に拒絶理由通知書をいただきまして、ご指摘の点につきまして直接お目にかかってご説明したく、お電話さしあげました」

『つまり面接審査をお望みということですか？』

「いえ、その、えっと……そうです！」

　間髪いれずに冷ややかな声が返ってきて、亜季はしどろもどろになりつつ答えた。

『わかりました。面会時間は一時間となります。こちらの都合のよい候補日をのちほどお伝えしますので、そこから選んでいただけますか』

「はい！　ありがとうございます！」

　なんだ、と胸をなでおろす。なかなか引き受けてもらえないのではと危惧（きぐ）していたが、意外にすんなりではないか。

　と冴島は、唐突に尋ねてきた。

『つかぬことをお尋ねしますが、面接審査にてわたしに説明なさるのは藤崎さん、あなたですか？』

「……その予定です。わたしは発明者のひとりでもありますので、技術的な背景を含め、的確にご説明できるかと思います」

『それは構いませんが』

しばらく声が途切れる。戸惑っていると、電話口の冴島は息をついた。

『これは助言です』

「はい」

『率直に言えば先日お会いした際、審査官を説得するという重要な役目は、あなたにはいささか早いのではという印象を受けました』

思った以上に率直な指摘に、亜季は口を引き結んだ。なんて答えればいいのだ。

冴島は、亜季の技量では自分を説得できないと言っている。この案件が本気で大切で、絶対に特許として認めさせたいと考えているのならば、お前以外を出すべきだ。そう暗に指摘している。

と、今まで黙っていた北脇が机に手をつき身を乗りだした。

「北脇です。失礼ながら審査官殿は思い違いをなさっているようですね。わたしどもが藤崎に任せるのは、藤崎がその役目を果たすに充分だと考えているからです。ですからご心配なく」

言いきる声には、問答無用と言いたげな響きがこもっている。

冴島は沈黙して、しばらくして承知しましたと返した。

『わたしと面会し、御社の発明の素晴らしさを主張したからといって、必ずよい方向に事態が転がるわけではありませんのでご承知おきください。どのような法人または自然人を相手にしようと、それが年若い未熟な発明者兼知財部員であろうと、わたしは常に厳正な審査を心がけております』

「望むところです。どうぞ手加減せず、真っ正面から藤崎とやりあっていただければ。わたしどもの主張を受けいれていただけるよう願っておりますよ」

言うや北脇は電話を切った。

「……舐(な)めた口ききやがって」

と思えば、満面の笑みで振り返った。

「じゃあどうやって審査官を説得するか、具体的に考えようか」

「いやちょっと待ってください！　いいんですか、ほんとに審査官への説明役、わたしのままで」

「いいに決まってるだろ。なんでそんなこと訊(き)くんだ」

「冴島審査官は忠告してくれたんですよね？　今回の拒絶理由はわたしじゃうまく応答できないから、代理人の鶴田さんを出したほうがいいよって」

冴島はなんだかんだ、優秀な北脇のことは好敵手と認めているのだろう。だから亜季ではなく、この案件において審査官とのやりとりのほとんどをこなしてくれている代理人弁理士の鶴田に任せるべきと、わざわざ忠告してきたのだ。

しかし北脇は大げさにため息をついた。

「藤崎さんは、ずっと藤崎さんを見てきた僕と一回会っただけのあいつの判断、どっちが正しいと思ってるんだ」

「……そんな、仕事とわたしどっちが好きみたいなこと言われても」

「全然違うだろ」

「同じですよ！」

「一人前だって証明するんじゃなかったのか」

亜季は唇に力を入れた。そういうふうに言われると、ここで退くのもなんだか嫌だ。打席に立たずに逃げるのは、亜季の流儀ではないのだ。

「わかりました」と亜季は拳を握り、堂々と宣言した。

「わたしがやります。『メロンのワタ案件』、絶対に特許にしてみせます！」

とは言ったものの。

「実際やるとなると、結構難しそうなんですよね……」

カフェテリアでさやかとプリンを食べながら、亜季は肩を落としていた。

冴島の寄こした拒絶理由通知書を前に、北脇はこう言っていた。

「審査官は、この発明が特許にならないと考える理由を法律に従ってあげてきたわけだけど、僕は充分反論できると思う」

「あちらの言い分を、全部突っぱねるんですか？」

「要所要所では受けいれるよ。たとえばこの特許法第三十六条、サポート要件違反を指摘されている部分は、冴島審査官の指摘はもっともだ。藤崎さん、欲張って権利を大きく取り過ぎてるから」

北脇は朱色のインクを入れた万年筆で、亜季が『果物』と書いて権利請求した部分に大きく丸を付けた。

亜季は思いつく限りの果物全般を囲いこめるように、『果物』というざっくりとした言葉を使ったのである。果物とは具体的に言うと、みかん、オレンジ、レモン、グレープフルーツ、ライム、ユズ、シークワーサー、デコポン、ポンカン、イヨカン等の柑橘(かんきつ)類、メロン、キウイフルーツ、モモ、カキ、リンゴ、マンゴー、アセロラ、プルーン、パパイヤ、パッションフルーツ、ウメ、ナシ、アンズ、スイカ、スモモ類である。

そうしたら冴島は、『実現できるかもわからん果物まで書くな』という感じのダメ出しを、厳しい口調でしてきたのだった。

そしてそれに関しては、冴島の指摘はまったくもって仰るとおりだった。亜季の出願した『メロンのワタ案件』は、実際はメロンでしか実証されていない発明である。その他ずらずらと並べたものは、いろんな果物で権利をとれれば儲(もう)けものだなーと亜季が欲張っただけなのだ。

「だからここは素直に指摘を受けいれて直す、つまりは補正すると伝えればいい。でも」

と北脇は書類の最初のページに手を置いた。

「この発明の本丸に関しては、絶対に特許として認めさせる」

そうして北脇は、そのための作戦を考えてみるよう亜季に促したのである。

「本丸っていうのは、この発明の肝の部分だよね」

さやかは書類を手に取り、かざすように持ちあげた。

「この『メロンのワタをある量配合すると、青果に近い風味を実現できる』ってところ」

月夜野ドリンクは、ある一定量のメロンのワタを混ぜれば、生メロンをそのまま搾ったごとき風味をペットボトル飲料でも再現できると見いだした。この技術が開発されて初めて、メロンの特徴的な青臭さともったり感を再現した『ジュワっとフルーツ　プレミアムメロン』が製品化できたのだ。

「そうです。すくなくともその部分は、特許として認められてもいいはずだとわたしは信じてます」

「本当だよね」とうなずいて、さやかは思い出すような目をした。「あのときの亜季、すっごい喜んでたもんね」

そうだ。製品開発部時代、初めてワタをジュースに入れこんだ試作品を試飲してみたとき。亜季は緊張しながら一口飲んだ瞬間、これはいけると思った。

きっとすごいものができると嬉しくて、その日は眠れなかった。

「でも審査官は、これは特許に値しないって文句つけてきたわけだ」

「そうなんです。こんなの、今までの技術を組み合わせたら簡単に思いつくだろうって」

特許として認められるための要件はかなり厳しい。すでに世にあるなにかとなにかを組み合わせただけで簡単に思いつくようなアイデアには、それがどんなに新しい発想であろうと権利は認められないのである。

そして今回冴島は、このワタを一定量入れるというアイデアは、すでに存在するふたつの特許を組み合わせれば容易に想到する、つまり誰にでも思いつくと指摘してきた。

「なんかなあ。簡単に思いつくわけないじゃんね」

とさやかは不服そうにプリンをつつく。

「これだからものを作ったことがない人間はさあ」

亜季は肩をすくめた。まったくである。卵が割れるという事実と、割れれば底が平らになるという事実を知っていたとして、コロンブスのように行動できるとは限らない。

だが冴島は誰でもコロンブスになれるでしょと言っているわけで、そうではないと亜季が納得させなければならないのだ。

「ですけど、実際どういうふうに説得すればいいのか迷ってて」

「案はあるの？」

「今のところふたつあるんです。ひとつは、ある程度こちらも冴島審査官の意見を受けいれたうえで、絶対に権利にしたいところだけは死守するって案です」

「一応譲歩して、折衷案を出して納得してもらうってわけか。もうひとつは？」

「もうひとつは」

亜季はプリンの空容器に目を落とす。

「まったく退かず、わたしたちに落ち度はない、だからなんの訂正もなしにこちらの請求を認めるべきって主張する案です」

文言に修正を入れない、『補正無し反論』というタイプの強硬な反論だ。

さやかは驚いたように亜季を眺めて、頬杖をついた。

「……まったく相手の意見を受けいれないって主張して、それを認めさせるってこと？　さすがに難しいんじゃないの。結構きつい手を考えるね、亜季も」

「やっぱりきついですかね……」

亜季はテーブルに顎を乗せた。

わかっている。さすがにダメ出しに対して、『こっちに悪いところはありません、このままでいきます』なんて答えが通ることはない。特許どころか、会社のちょっとした資料だってダメだろう。それがどんなに自信満々、直すところなんてひとつもないと自分では信じるものだとしても、上司に直せと言われれば直す、それが会社人である。

そして今回指摘してきているのは上司ではなく、直したところでオーケーを出してくれるかすらわからない審査官なのだから、撥ねつけるなんてもってのほかだ。

だから亜季だって、穏当な妥協案を選ぶべきだとは結構な割合で思っているのである。そちらだったらきっと失敗はしない。誰かに迷惑をかけることもない。

「ですけどわたし、あんまり審査官に対して退きたくなくて」

「なんで?」

それは、と口ごもった。うまく説明できない。カイザーショコラの恨みもあるし、北脇と険悪な冴島によい印象を抱いていないのもあるけれど。

と、

「藤崎さん、ちょうどよかった」

研究所総務の横井が通りかかり、亜季の姿を見て慌てて近づいてきた。

「……どうしました?」

「ちょっと頼みごとがあるんだけど」

「知財関連ですか?」

「そうでもないというか、でも知財でもあるというか……」

どっちだ。眉を寄せる亜季に、「実はね」と横井は切りだした。

「官僚が、民間企業の業務を視察というか体験というか、とにかく学びに来るインターンシップ制度があるんだって。その制度を利用してこれから二週間、月夜野ドリンクに来る人がいてね」

　嫌な予感がしてきた。亜季はそろりと尋ねる。

「もしかしてその人の世話をしろって話ですか」

「そう！　知財部のほうでお願いしたいんだよね。なんでかっていうと実はそのひと、特許庁の審査官補で――」

「無理、絶対無理です！」

　亜季は音を立てて立ちあがった。それはだめだ、全力で阻止しなければ。

「そんな人に構ってる余裕、ないですから！　知財部三人しかいないんですよ？　世話できるのわたしだけ、でもわたしは今これ、拒絶理由通知に応答しなきゃいけないんです。審査官との面接の期日も決まってるんです！　あ、そうだ柚木さん」

　これ幸いと隣のさやかに話を振った。

「フロンティア創成課にご案内したらどうですか？　特許庁の人なら、知財部なんて代わり映えのしない部署より、開発系の部署を見学したほうがためになるはずです」

　最近さやかは、水口たっての頼みでフロンティア創成課に再度異動になった。そうだ、さやかのほうが適任のはず。

　しかし滅相もないとさやかは身を引く。

「いやわたし、まだ異動したばっかりだし、水口さんも忙しそうだし」

「そう言わず！」

と身を乗りだした亜季を、横井が申し訳なさそうに押しとどめる。

「ごめんね藤崎さん、上からのお達しなんだよ。藤崎さんは知財に詳しいし、開発経験もある。だから面倒を見てほしいって」

まじか。

亜季は頭を抱えた。この忙しいときに。


「藤崎さん、面接の応答原案できた？」

会議から戻ってきた北脇に尋ねられて、亜季はうなだれた。

「まだです、すみません……」

審査官補のお気楽訪問、もといインターンが始まるまえに目処(めど)をつけようと思っていたのに、終わらなかった。

「でもあの、方向性は見えてきているので！　今週中には――」

「来週前半で充分間に合うから」と北脇は先回りして言った。「今日から審査官補が来るんでしょ。無理しないでやって」

ありがとうございます、と亜季は肩を落とす。なんだか気を遣われている気がする。それがもどかしい。

「にしても、なんでインターンなんて来るんでしょう。審査官補って、審査官見習いですよね？」

特許庁に入庁した官僚は、おおよそ三年ないし四年で審査官補から審査官に昇進する。とすると今回面倒を見なければならない審査官補は、まだ入庁数年の若手なのだろう。亜季と同年代である。

「ものすごく嫌そうだな」

「ものすごく嫌なんです」

「同年代だろ。楽しみだったりはしないの」

興味なさそうに尋ねてくるので、「まさか」と亜季は口を尖らせた。

「お客様だし、特許庁のお役人ですよ？　未来の審査官ですよ？　うっかり機嫌を損ねたら、あとあと審査で不利益こうむるかもしれないじゃないですか」

「私怨を審査に反映するかもしれないって？　そんなやつ、そうそういないだろ」

「いっぱいいますよ」

北脇はこういうところが甘い。プライドを傷つけられて、信じがたい仕返しをする人間なんていくらでもいる。

自分にそういう発想がないからって。

「そこまで性格悪くなくても、冴島審査官みたいな難しいタイプかもしれませんよ」

「藤崎さん、ああいう人間が苦手なの」

苦手ですよ、と勢いよく答えかけて、亜季はむにゃむにゃとごまかした。

「……理解したら案外いいひとかもしれないですけど、でも審査官なのでやっぱり好きになれないです。わたしたちにとって審査官って、権利取得を阻む敵じゃないですか。今回だってわたしが一生懸命まとめた『メロンのワタ案件』に、あっさり拒絶理由通知を突きつけてきたし――」

と言いながらふと壁の時計を見あげて飛びあがった。

「あ、しまった！」

「どうした」

「その審査官補を、一時に駅に迎えに行く約束してたんでした！」

時計は十二時四十分を指している。あと二十分、間に合うか？

「ちょっと行ってきます！」

言うや車の鍵を引っ摑んで立ちあがった。

なにかを言いかけていた北脇は、あまりの亜季の慌ただしい出発に完全にタイミングを逸して、結局「気をつけて」とだけつぶやいた。

なんとか五分前に駅前の駐車場に滑りこみ、閑散(かんさん)とした自動改札前で客を待つ。

右手には、新品の『緑のお茶屋さん』。お互い目印として、月夜野ドリンクの商品を手にしているという約束なのだ。『緑のお茶屋さん』は誰もが知る月夜野の商品だから、優秀な審査官補さまならすぐに亜季が迎えの社員だと気がつくだろう。

アナウンスが響き、三十分に一本しか来ない電車が到着した気配がした。やがてちらほらと、ホームから人がやってくる。この地では、主に通勤通学の人間しか平日の電車なんて乗らないから、お昼ど真ん中のこの時刻に降りる客はまばらだ。

だからこそ、亜季はひとりひとりをじっくりと観察できた。どれが審査官補さまだろうか。さすがにスーツは着ているはずだから、あのきりっとした人か。いや、ちょっと年齢が上すぎる。じゃああっちのひと……は早退したブレザーの高校生ではないか。

じゃあそこの、観光情報の看板を眺めてる人だったりして。若いし、スーツだし。いやでも手にしているのは他社のお茶だ。さすがにありえないか。

そのまま五分が経(た)った。とっくに電車は去り、自動改札を通過する人もいない。亜季は念のため、駅の外に出てそれらしき人がいないか探してみたが見つからなかった。スマートフォンを確かめても、連絡は来ていない。

どこにいるんだろう。

途方に暮れて自動改札に戻ると、ここにこと尾瀬(おぜ)旅行のチラシを眺めるスーツの若い男性がいる。さきほど、観光情報の看板を眺めていた人である。まさかこのひとか。でもおいしそうに飲んでいるのは他社のお茶で……。

迷ったすえ、亜季は自分も『緑のお茶屋さん』を開封して一口飲む。それから意を決して男性に声をかけた。

「あの、特許庁の野原審査官補でいらっしゃいますか？」

男性は尾瀬のチラシを手にしたまま、のんびりと顔をあげる。

それから顔を綻ばせた。

「あ、やっぱりあなたが月夜野ドリンクの藤崎さんでしたか！　はい、野原です。どうぞよろしくお願いします」

野原はチラシを鞄に突っこんで、代わりに名刺を取りだした。確かに特許庁審査第三部の野原審査官補と書いてある。本物である。まじか。

「ずっと藤崎さんかなあと思ってたんですよ。メールでお知らせいただいたとおり、『緑のお茶屋さん』を持っていらっしゃるし」

車に案内するあいだも、野原はのほほんとしている。歩調だけは速い。都会人である。

「でも全然声をかけてくださらないので、あれって思っていたんです」

「すみません。他社のお茶を持っていらっしゃったので、人違いかと思いまして」

「なにを仰るんですか」と野原は笑う。「僕、ちゃんと月夜野さんのお茶を持ってましたよ。ほらこれ、『ビバお茶』。『緑のお茶屋さん』は苦くて。なのでこっちにしました」

にっこりと手にしたペットボトルを持ちあげる審査官補から、亜季は思わず目を逸らしたくなった。

いやそれ、思いっきり他社のライバル商品ですけど。

迷ったが、ここで伝えねばあとあと大惨事を起こすかもしれない。

「……申し訳ないですがそれ、弊社の商品じゃないんです」

え、と野原は見事に目を丸くする。亜季と『ビバお茶』を交互に見やり、照れたように頭を掻いた。

「あれ、そうでしたか。勘違いしちゃってすみません」

その笑顔には、一ミリも邪気がなかった。

しかし邪気がなければよいわけでもない。

これはジャブのようなもので、野原審査官補はその後もいろいろやらかした。まず研究所への車中で外を眺めつつ、『意外と群馬にも建物って建ってるんですね』とか『お若いのに運転できるなんてすごいですね』などと、さわやかにのたまい亜季を閉口させた。群馬には二百万人近く住んでるし、車社会なのでほとんどの人が免許を持っているのだが。

それでも研究所に到着して知財部に案内すると、野原はごく常識的な挨拶を上司ふたりと交わした。ほっとしたのも束の間、ソファに座ってみたり冷蔵庫をあけたり、まるで旅館にやってきたようにはしゃぎはじめる。熊井と北脇の困惑をものともせずにさんざん探検してから、用意した椅子に楽しそうに収まった。

　そのまま永遠に座っててくれないかな、と亜季はちらと思ったが、そういうわけにもいかない。このインターンシップは、民間企業の業務を体験して今後の審査に活かすためのものらしく、さまざまな仕事を見せてあげねばならないらしい。

　それで午後いっぱい、業務で使っている知財の調査ソフトの紹介や、ハナモのイラストにまつわる使用許諾契約の実務など、逐一説明することになった。なにも仕事が進まない。

　次の日は、朝から敷地内にある工場へ連れていく。

「いやー綺麗なところですね。空気が澄んでて、遠くまではっきり見える」

　工場へ向かう道すがら、野原は感心したようにあたりを見回した。そうでしょう、そっちに見えるのは赤城山で――などと説明しようとした矢先、スマートフォンでばんばん敷地内の写真を撮りだす。亜季は慌てた。

「すみません野原さん、工場敷地内は撮影厳禁で……」

「あ、そうなんですか。すみません、つい景色が綺麗だったから」

　と野原はまた悪気なく頭を掻いて、スマートフォンをしまう。素直にしまってくれてよかった。だが思う。そもそも特許庁の審査官補、つまりは知財の専門家たるもの、工場の敷地内には企業秘密がてんこもりだとはじめから気がついてくれないものか。

内心ぐったりしながら工場長に野原を預けて、急いで知財部へ戻る。『メロンのワタ案件』の応答案を早く完成させなければだし、他にもたくさんやることがある。あっというまに昼になり、はしゃいでいる野原をカフェテリアに連れていき、昼食を食べさせる。午後は製品開発部へ。野原は飲料の風味調整やら、官能評価やらを実際に体験してみるのだという。

定時近くに戻ってきた野原は、とても楽しかったようだった。いいな、と亜季は机に顎を押し当てた。

明くる夜には歓迎会が設定されていた。亜季の大好きな焼肉店に知財部総出で案内――したかったのだが、公務員なので接待は絶対禁止ということで、やや揉めたすえに『ふわフラワー』を特別に貸し切って、みんなでふわとろオムライスを食べるという会になった。オムライスならワリカンしやすいし、なにより野原がオムライスが食べたいと希望したからである。

その席で亜季は、「どうして審査官になろうと思ったんですか」と尋ねてみた。すると野原は頭に手をやり「いやーなんででしょうね」と笑った。

「大学に行ったはいいものの、どんな仕事をしたいかわからなくて。そうしたら先輩に勧められたんですよね。特許庁の審査官は官僚で身分は保障されている、でも激務じゃないからいいよって」

ふわとろオムライスよりふわっとした理由を聞かされ、亜季は返答に困った。別に亜季だって崇高な理念を抱いて知財部に来たわけではないのだが、あまりに明け透けに勤務条件だと言われると、それはそれでもやもやとする。

審査官の『登録』『拒絶』の一声が、会社の未来を左右することだってあるのだ。それに足る重みと自覚を持ってくれてもよいのではないか。

などと考えつつ上司たちを見やるも、北脇は足元にやってきたリリイとひそかに遊んでいるし、熊井はいつのまにか席を立って、奥さんへのお土産用のガトーショコラを頼んだついでにゆみの父親と話しこんでいる。

天井を仰いでいると、「あ、そうだ藤崎さん」と野原はにこにこと問いかけてきた。

「せっかく群馬まで来たので、週末どこかに遊びに行こうと思うんですけど、お勧めってありますか?」

亜季は目をつむった。あーこのひと、やっぱり完全に観光気分で来てるんだな。

ため息ついでに言葉を押しだす。

「だったらわたしの友だちに尋ねてみたらどうでしょう。あの子、詳しいので」

さっきからちらちらと野原を見ているゆみに丸投げすべく、亜季はカウンターに野原を連れていった。ゆみは快く引き受けてくれる。よかった。

テーブルに戻ると、幸い北脇は猫じゃらしをしならせながらも亜季のほうへ顔を向けてくれた。

「あのひと、わたしの思ってた審査官補と違うんですが」

亜季は北脇の隣に座って、ゆみと野原を横目に背を丸める。のほほんとした気質が合うのか、ふたりは楽しげに会話している。

「冴島さんも怖いですけど、野原さんみたいのもそれはそれで困りますよ。わたしたちの大事な権利、あんなぼやっとした人に預けられません。そう思いませんか？」

北脇は当然同意してくれると思ったのだ。だがしかし、

「僕は、彼はそれなりにいい審査官になると思うけどな」

返ってきたのはそんな一言だった。

あまりに驚いて、亜季は北脇をまじまじと見つめた。リリイに向けられた上司の横顔に、皮肉の成分は見当たらない。となればこのひと、本気で野原はいい審査官になると思っているのだ。なぜだ。ショックである。だいたい亜季は、『いい知財部員になる』なんて一度も言われたことがない。なのになぜ、このおっちょこ野原は褒められる。

「審査官も人間ってことだよ、藤崎さん」

亜季の心中に気づいていないのか、北脇は付け足した。

だからなんだって言うんですか、どっちの味方なんですか。そう喉（のど）元まで出かかったが、

亜季は呑みこんだ。うっかりすると声が震える気がして、なにも言えなかった。

「それから一週間、ずっともやもやしてたわけ」

向かいに座ったさやかはさも同情したようにつぶやいてから、一転にこにこと顔を近づけてくる。

「でもわかる。亜季は北脇さん大好きだもんね。いつでも味方でいてほしいんでしょ」

「そういうのじゃないですって」

亜季はノートに目を落とした。全然違う。違うはずだ。

「じゃあ、もやついてるのはなんで?」

「だって十日も野原さんに振り回されてるんですよ。わたしもいっぱいやることあって、週末も『メロンのワタ案件』のことが頭から離れないのに。なのにあのひと、先週末の休みになにしてたと思います?」

「なにしてたの?」

「……そういえば野原さんって、柚木さんの部署にも実験させてもらいに行きましたよね。どんな人だと思いました?」

唐突に話が変わって困惑しつつもさやかは答えた。

「え、うーん。ちょっとぼんくらなところはあるけど、官僚になるだけあって頭はよさそうだし、実験の様子は一生懸命メモしてたし……」

「てことは柚木さんも野原派ですか？」

「派閥あるの？」

「あります。めっちゃあります」

「あるんだ。いやそれは、もちろん、当然、亜季派に決まってるじゃん」

　さやかが慌てて言ったので、亜季は心底安堵した。

「よかった。柚木さんまで野原派だったらどうしようかと思ってたんですよ」

「そんなに野原派に包囲されてるわけ？」

「そうなんです。北脇さんといい、ゆみといい……」

　テーブルに頰を押しつけ嘆息する亜季に、さやかは「北脇さんは亜季派でしょ」と苦笑してから、あれ、と腕を組んだ。

「ゆみって、『ふわフラワー』のゆみちゃん？　なんで野原派に名前が出てくるの。あ、もしかして――」

「そのもしかして、です。実は野原さん、週末にゆみとデートしてたんですよ……」

　脱力した亜季をまえに、さすがにさやかも気まずい顔をした。

「それは愚痴りたくなるね、うん」

「ですよね？　しかも信じられないことにゆみ、野原さんを気に入っちゃったらしくて」

のほほんとピースをするふたりの写真を、『週末、富岡製糸場に一緒に行ったんだー』とSNSで見せられたときは目を疑った。思わず電話をかけて、さらに耳を疑う羽目になった。ゆみは嬉しそうに言ったのである。

それでね、付き合ってみることにしたんだよね。

まじか。

「確かに野原さん、極悪人ではないですよ。じゃっかん配慮に欠けるところがありますけど、悪気はまったくないんです。なんというか、愛されて、なんにも不自由せずに育った人というか。それゆえの視野の狭さというか」

「あーそのタイプか」

「友だちとしてなら、のんびりとしたいいひとなのかもしれませんけど、でもだからってゆみ、付き合わなくてもよくないですか？　わたしこんなに困ってるし、だいたい特許庁の審査官補ですよ？　わたしの敵ですよ？」

なのに北脇に続きゆみまで、野原の味方につくというのか。

あーもう、と突っ伏した亜季を、さやかがなんとか励まそうとする。

「元気出して。ほら、野原さんがこのタイミングで来たのはある意味ラッキーかもよ。冴島審査官とおんなじ仕事をしてる人なんだから、よく観察すれば審査官攻略法が見えてくるかもしれない」

「無理ですよ、全然キャラ違いますよあのひとたち。極端と極端というか」

なぜ大多数を占めるはずの、ユーザーフレンドリーかつまともな審査官と関われないいんだろう。亜季は自分の不運を呪った。

「じゃあ……そうだ、『メロンのワタ案件』、どうやって審査官に言いかえすか決まった？　相手の言い分をすこしは呑むか、突っぱねるか、迷ってたよね？」

そう言われて、亜季はようやく顔をあげた。唇をひきしめて、深くうなずいた。

「決めました」

こうなったらもう、選ぶ方法など決まっている。

「え、審査官の意見を突っぱねるの？」

第二十九条第二項に関しては補正無し反論をする。つまり亜季のほうでは出願書類の記載を一切修正せず、審査官の指摘が間違っているから、撤回してほしいと主張しようと思う。

廊下で鉢合わせたのをこれ幸いと熊井に伝えると、このおおらかな知財部長もさすがに面食らった顔をした。

「冴島審査官の主張には、まったく同意できないということ？」

「はい。わたしには、冴島審査官の主張は無理筋と感じます」

亜季の主張は正当だ。だから冴島は、自分の誤りを認めざるをえないはずだ。

うーん、と熊井は腕を組んで困った顔をした。

「気持ちはわかるけどねえ」

なんだかあんまり乗り気ではない調子で、ちら、と知財部のほうを見やる。北脇の意見を聞いたらと諭(さと)されるのかと思ったら、熊井は意外なことを言いだした。

「野原さんに話を聞いてみたら？　彼は実際に特許庁での審査に携わってる。有益なアドバイスをくれるかもしれないよ」

野原さんのアドバイスなんていりません、と喉元まで出かかった。あのちゃらんぽらんな野原に、いったいなにがわかるというのだろう。

だが熊井に、「ここ最近彼の世話で大変だったでしょ。ちょっとヒントをもらったって罰(ばち)は当たらないよ」と背を押されると、嫌とも返せなかった。

亜季は知財部に戻ると、反論案をまとめたバインダを胸に抱き、決戦に挑む気分で野原に近づいた。野原はいつもどおり、よく言えば品のよい、悪く言えばぼんくらめいた表情で机に向かっている。亜季は意を決して声をかけた。

「野原さん、すこしお尋ねしてもよいでしょうか」

「はいなんでしょう」と野原はにこやかに顔をあげる。

「来週特許庁で、面接審査があるんです。その応答案について、どういう印象をお持ちになるかご意見を伺えるとありがたいんですが」

いいですよ、でも意見したとは秘密にしてくださいね、と野原は引き受けてくれた。亜季はバインダを手渡す。まず冴島から送りつけられた拒絶理由通知書を見て、野原は「お、冴島さんじゃないですか」と嬉しそうに言った。

「あのひと格好いいですよね。いつも切れ味鋭くて、しょうもない出願をばっしばし拒絶して」

それはあなたの立場からのものの見方ですよね。そうやって『ばっしばし拒絶』された出願のひとつひとつは、わたしみたいな人間が必死に作ったものなんです。

なんて言いたいところ、亜季は必死に我慢した。ちょっと疲れていて、ショックなことも続いて、気持ちが荒ぶっている。落ち着かなければ。

野原は書類の数々に目を落としている。今までののんびり行動を鑑みるに、きっと把握するのにそれなりの時間をかけるだろう。そのあいだにむつ君でも数えて心を落ち着けよう。むつ君が一匹、むつ君が二匹……。

「それで藤崎さんは、どう応答するんですか？　やっぱり数値範囲を減縮します？」

むつ君を二十四匹数えたところで唐突に声をかけられて、亜季は飛びあがるほど驚いた。

「え、減縮、ですか？」

それは亜季が何日もかかって捻りだした案のうちの穏当なほう、冴島の意見をある程度反映した妥協案そのものだ。ピンポイントで指摘してきたということは、野原はもう読み終わったのか。終わったどころか、亜季がどう反論するかまで把握したのか。

速い。

もともとあった苛立ちに、焦りが合流して大渋滞が起きはじめる。

「いえ、補正無し反論をするつもりなんです。引用文献2は冬瓜ゼリー食品に関する技術で、メロンのメの字も出てきませんよね。なのに同じウリ科だからって引用文献1と結びつけて、この発明は簡単に思いつくって結論づけるのは無茶苦茶じゃないですか」

冴島が間違っているのだから、間違っていると堂々と指摘する。それでいいはずだ。

だが亜季の意見を聞くや、今までなにがあろうとにこにことしていた野原がふいに眉をひそめた。

「藤崎さん、それはまずいですよ。それってつまり、審査官の指摘をすこしも受けいれず、まるっきり突っぱねるってことですよね？　心証が悪すぎます。藤崎さんは審査される側なんですよ。こちらの意見に聞く耳持たない人間の話を、審査官だって聞きいれる義理はありません。拒絶査定を出して終わりです」

野原があまりにあっさりと言うので、逆に亜季は驚いた。

「……冴島さんの指摘がそもそも的外れなのに、的外れだって指摘したら、特許になんてならないって言い渡してくるんですか？　そんなの、権力の濫用じゃないですか」

「よく考えてくださいよ」

野原は、クレーマーをなだめるように両手を動かした。

「特許にしたいからこそ面接に行くんですよね。だったら無理筋なロジックで審査官を論破しようとする意味なんてありません。すこしは審査官の言い分も取り入れて、穏やかに着地させるべきです」

「審査官の機嫌を取るべきだって、そのために譲歩するべきだって言うんですか」

「そうです」

野原はあくまで落ち着いている。当然のように答える。なんだそれ。亜季は拳を握りしめた。なんだそれ、なんだそれ。

「……つまり野原さんは、審査官の気の持ちように、知財の審査は左右されるって言ってるんですよね。いいんですかそれ」

「もちろん、あくまで法律と、ロジックのよしあしが絶対です。でもある程度は感情が入るのは仕方ないでしょう、僕らも人間なんです」

「仕方ないなんて、簡単に言わないでください」

不穏な空気を察した熊井が席を立つ。藤崎君、と落ち着かせようとするのを振り切り亜季は言った。

「特許も商標も、意匠もなんでも、権利を得られるかどうかは会社の未来を大きく左右します。だからわたしたちは真剣に、懸命にやってるんです！　同僚たちが頑張って作った汗と涙の結晶を守ろうとしてるんです。それをいいとか駄目とか、上から目線で判定するだけのあなた方とは、覚悟が違うんです」

野原の顔がにわかに曇る。

と思えば憤然と立ちあがり、亜季を睨むように言った。

「言いすぎじゃないですか。僕らだって同じですよ。常に真剣に、全力で審査してるんだ。それが結局、あなた方の汗と涙の結晶とやらを守ることに繋がるんですよ」

亜季が言いかえそうとしたとき、ドアがひらいて北脇が戻ってきた。あからさまに張りつめた空気に、驚き立ちどまる。

「……どうしたんです」

亜季も野原も黙りこむ。熊井だけが、そっと亜季を外へと促しながら静かに言った。

「北脇君、ちょっと藤崎君を連れてどこか行ってきてくれる?」

休憩コーナーに着くと、北脇は黙って『夜のホっとコーヒー』を買って亜季に手渡した。両手で握れば、ほのかな温かさが缶の向こうから伝わってきて、亜季の口からぽつぽつと、なにがあったのかがこぼれおちた。

「なるほどな」

ベンチに並んで座り、『星月茶』を飲んでいた北脇は、亜季の話が終わると息をついた。

「野原さんにはいい経験になったよ。企業のほうではそんなふうに切実に思ってるんだと理解できただろ。……それはそれとして、これは僕の責任だな。僕がもっと早く藤崎さんの話を聞くべきだった。拒絶理由への応答の前はナーバスになるものだとわかってたのに、気遣えなくて悪かった」

亜季は唇を噛みしめた。そうじゃない、北脇にもっと早く意見を仰げばよかったのに、味方になってくれないと意地を張っていたのは亜季のほうだ。

自分が情けなくて、もどかしい。

「だけど藤崎さん、なんで審査官の意見を突っぱねようと思ったんだ。『ウリ科食品』にメロンが入るかなんて認識の差で審査官と争ったって、審査される側の僕らに勝ち目はほぼない。審査官が赤と言えば赤、青と言えば青なんだから」

「……それは」

手元のパッケージに目を落とす。踊るように跳ねる『月夜ウサギ』のイラストが、なにもかもを見通すような赤い瞳を亜季に向けている。

『月夜ウサギ』から目を逸らして、口をひらいた。

「わたし、審査官に負けたくなかったんです。敵の指摘に屈して自分の意見を曲げるのは、絶対嫌だと思ってしまって、それで意地になってしまって」

「敵か」

北脇は『星月茶』のボトルを手の内で転がした。

「まあ、冴島審査官に舐められたり、野原さんに振り回されたりしたから、藤崎さんにはそう思えるのもわかるけどな」

「藤崎さんには、って、北脇さんは敵だと思ってないんですか？　冴島審査官といがみ合ってますよね」

「確かに虫が好かないのは認める。このあいだも舐めたことを言ってくれたしな。藤崎さんのケーキを掠めとっていった件も許してない」

近所でいつでも買いに行けるんだから、譲ったってよかったんだ、心が狭い。そう忌々しそうに付け足してから、だけど、と北脇は続けた。

「誤解してほしくないのは、僕は冴島審査官をめちゃくちゃいけすかないやつだと思っているけど、審査官としては信頼してるってことだ。なぜなら僕らは……そうだな、藤崎さんみたいなかっこいい言い方をするならば、僕らは同じ理想を目指して、汗と涙の結晶を守るために働いている仲間だからだ」

北脇はそこに確信を持っているようだった。

「冴島審査官だけじゃない、他の特許の審査官も、商標や意匠の審査官もそうだ。なにも僕らをいじめようとか、困らせてやろうとか、ぬるい気持ちで僕らの大事な出願を拒絶してるわけじゃない。あちらはあちらで真剣なんだ」

「……野原さんもそう言ってました」

亜季は、さっきの野原の表情を思い出した。その手元にひらかれていた、実験の様子や技術者へのインタビューがびっしりと記されたノートを思い出した。

北脇が野原を『いい審査官になる』と言ったのは、きっとそういうことなのだ。

でも。

すっかりぬくもりの去った『夜のホッとコーヒー』を亜季が握りしめていると、北脇はおもむろに立ちあがった。冷たくなった空き缶を回収して、ゴミ箱へ歩いていく。

「まあいろいろ言ったけど、今回は任せるとも言ったからな。藤崎さんのやりたいようにやってくれていい。どうしても冴島審査官を仲間とは思えない、すこしの譲歩もしたくないのなら、第二十九条第二項進歩性違反については、指摘を撥ねつけてみたって構わない」

「……いいんですか？」

「いいよ」

北脇は缶をゴミ箱に軽く放った。からり、と落ちていく音がする。

「なにも今度の面接で、すべてが決まるわけじゃない。正式に出す意見書でも軌道修正のチャンスはあるし、もし拒絶査定を受けたって、納得できなければいくらでも戦う方法はある。審判請求したり、知財高裁に訴えたり。だから藤崎さんがとことんやりあいたいなら、自分の方法を貫けばいい」

「勝ち目が薄くともですか」

なに言ってるんだか、と北脇は笑った。

「冒認出願事件のとき、ほとんど勝ち目がなくたって、粘ってひっくり返してみせたのが藤崎さんだろ。そうやって救われておいて、今度はやめろとはとても言えない」

「でも」

「心配しなくていい、責任は僕がとる」

その最後の一言が、迷っていた亜季の心を決めた。

そうだ、なにもかもうまくいくなんて、物語の中だけの話だ。知財部で働き、たくさんの知的財産を扱ってきた今ならよくわかる。望んだすべてを手に入れられはしない。すべての努力の結晶を守ろうとして、なにもかもを失ってはいけない。絶対に手元に残したいもの、退けない部分を見極めて、それだけは死守できるようふるまわねばならない。

一人前だと認められようとして、せめて仕事上では信頼してもらえるパートナーになろうとして、もしかしたらと淡い期待を抱いて、それで日和った自分を見せられないと気張ったあげくにまたしても北脇に悪役を引き受けさせては、本末転倒ではないか。

亜季は深く息を吸った。

「……正直に言うと、わたしたちと審査官が仲間っていうのも、同じ理想を目指しているっていうのもわたしにはまだぴんときていません」

ドラマみたいなセリフを吐く北脇は格好よかったけれど。ときめいた自分をごまかせないけれど。

「でも自分がなにを守るべきなのかはわかりました。だから、補正無し反論は諦めます」

「いいんだな」

はい、と深くうなずく。

「審査官の意見を取り入れて、譲歩して、絶対に認めてほしい部分をなんとしてでも特許にできるように説得してみます」

それでいい。

わかった、と北脇はうなずいた。

「じゃあその方向で面接審査に臨もう。さっそく部屋に戻って細かいところを詰めるか」

「お願いします、あ、でもわたし、まずは野原さんに謝らないと」

「だったらさきに戻ってて。僕は構造開発部に寄ってから帰る」

さりげなく席を外そうとする北脇は、一度立ちどまった。

「藤崎さん」

「はい」

「期待してるから」

亜季は唇を嚙みしめうなずいた。

それから亜季は北脇や代理人の鶴田とともに、急ピッチで冴島の意向を取り入れた折衷案の作成に取りかかった。折衷案といえど、受けいれてもらえるかは未知数だ。なるべく確度(かくど)の高い修正案を検討する。どこを捨てて、どこを守るのかを選んでゆく。

もっともそれは、当初思っていたほど苦痛な作業ではなかった。なんだかいろいろあって忘れていたが、思いだした。出願書類をひとりで作りあげたかつての亜季はもともと、なんのダメ出しも受けずに逃げきれるとは思っていなかった。

もし審査の過程でダメ出しを受けたら、本丸——発売中の商品を守るために絶対に必要な部分を残し、あとは切り捨てる心づもりでいた。そういう戦略的撤退の道筋を、はじめから文言のうちに仕込んでいたのだ。

それを拾いあげ、整理して、そして応答案はようやく完成した。亜季だけでなく、北脇や熊井、鶴田にも妥当と思えるものが仕上がった。

これならいけるはずだ。このロジックならば、きっと冴島も『メロンのワタ案件』を一転、特許に値すると認めてくれる。

そうしてとある晴れた日、とうとう特許庁の一室で、冴島審査官をまえに亜季は面接審査の口火を切った。

「……ですので第三十六条サポート要件違反のご指摘に関しては、請求項1を青肉系メロンに限定することで対応しようと考えております」

北脇と、又坂国際特許事務所の担当弁理士の鶴田、そして亜季。三人で特許庁の立派なガラス扉の前に立ったとき、さまざまな思いが脳裏をよぎった。

絶対にこの『メロンのワタ案件』を特許にしてみせる。きちんと特許庁とやりあえると証明する。

インターンを終えて帰っていった野原審査官補にも思いを馳せた。きっと今頃彼も、このビルのどこかで働いているのだろう。この面接が終わったときには、彼の思いもすこしは理解できるようになっているだろうか。

しかしもろもろの感慨は今、審査官の説得にかかっている亜季からはすっかり消え去っている。視界に入るのは冴島だけ。相変わらず冷ややかな表情と、刺すような厳しい視線だけだ。

「ですが藤崎さん」

と冴島はすぐさまなめらかに応戦した。「すでに拒絶理由通知書で指摘しましたが、本願実施例で使用しているメロンは、アンデス系およびアールス系のみです。青肉系メロンは上位概念、いささか範囲が広すぎではありませんか？」

果たして亜季の判断は正しいのかと冷静に揺さぶってくる。負けないように顔をあげ、用意してきた資料を突きつけた。冴島のダメ出しはふたつ。この第三十六条に関する説得は手始めにすぎない。こんなところでつまずくわけにはいかない。

　何度も練習してきたとおりに論陣を張る。

「メロンのワタ含有による本願発明の効果は、本願【００２０】段落およびお手元の資料に示すとおり、青肉系メロンに特に多く含まれる物質Ｘにより発現するものです。よって青肉系メロンであれば所望の効果が得られる技術的根拠はあると考えます」

　冴島はしばし黙りこんだあと、顔色ひとつ変えずに言った。

「なるほど、そのような理由であれば理解できないこともないですね」

　どうやら合格らしい。まるで最初から、亜季がどう主張を展開するか知っていたような口ぶりは気になるが。そのくらいは読めるということなのだろう。

　別に構わない。すくなくとも話の通じる相手だとは認識されているのだ。

　だったら次、いよいよ懸案の説得を始めよう。

「続いてもう一方の拒絶理由、第二十九条第二項進歩性なしへ主張もおありですか？」

「はい。冴島審査官はこう指摘されています。メロン果汁飲料を得る際にメロンのワタを使用してもよいと記載されている引用文献１には、ワタの配合量に関する記載がないという点で本願と相違するが、引用文献２には瓜（うり）含有ゼリー食品において、瓜の果肉に対してのワタの含有量が開示されている。いずれの文献も風味の改善という共通の課題を持つことから、当業者であれば、メロン果汁飲料にメロンのワタを用い、その割合を3～35重量部とすることで風味を改善することは容易に想到すると言える、と」

ようは亜季たちが見いだした発明は、すでにある発明を組み合わせれば簡単に思いつくもの。よって特許に値しない。冴島はそう指摘している。

「ですが引用文献2は冬瓜のゼリー食品に関する発明であり、メロンを用いた場合の具体的な記載はありません」

「……つまり補正するつもりはないと？」

「いいえ、補正はします」

亜季はすぐさま切りかえした。冴島の主張を一部取り入れる用意は当然ある。

「本願の実施例にありますとおり、青肉系メロンの風味が特に優れるワタの比率は3～15重量部であり、この範囲においては顕著な風味改善効果が得られます。これらの記載を根拠に、請求項1のワタの比率を減縮します」

かつての亜季が仕込んだとおりの逃げ道に、審査官を誘導する。

ここまで譲歩すれば、さすがに特許性はあると認められるはずだ。亜季だけでなく、北脇も代理人の鶴田弁理士も、熊井もみながそう考えている。

だから落ち着いて眼前の審査官の声を待つ。『わかりました、それならば』と言ってくれるのを待ちわびる。

しかし。

信じがたい言葉が返ってきて、亜季は危うく立ちあがりそうになった。

「認められません」

「どうしてです！」

「藤崎さんの主張による格別な効果は、本願の実施例からは認められません」

亜季は反論しようとして、言葉を失った。

要するに冴島はこう言っている。亜季の主張には根拠がない。その主張を裏付けるデータはお前の提出した書類のどこにもない。

「そんなはずはありません、確かに3〜15重量部では風味が改善しています。そのように官能評価の結果も……」

「そのように読める実施例にはなっていない、わたしはそう申しあげているんです」

突き刺すような声に、亜季はなにも言いかえせない。

データの作りが甘かったと冴島は指摘しているのだ。お前の用意したデータは、お前の主張を支える根拠に足るものではない。そんななまくら、戦える代物(しろもの)ではないと。

「あなたの主張には根拠がなく、格別の効果もありません。瓜の結果をそのままメロンに適用できないから数値を調整したにすぎない」

つまり、と冴島は淡々と続ける。

「当業者であれば、瓜の種類に応じてワタの使用比率を調整することは、格別の努力なくなし得ることであり、設計事項です。ゆえに提示いただいた補正案に関しても進歩性はないと考えます」

切って捨てる宣告に、亜季は息をとめた。

冴島は、亜季の説得は受けいれられない、譲歩したところで意味もない、この発明は特許になんて値しないと言い切っている。

どうする、どうしたらいい。

考えなければ終わってしまう。なんと言いかえせばいい。だが最後のカードはすでに切ってしまって手元は空だ。このままではひっくり返せない。失敗する。拒絶される。汗と涙の結晶をただのゴミに変えてしまう。尻ぬぐいするのは北脇だ。わたしは――。

「お言葉ですが審査官、我々は、そもそも本願は特許法第二十九条第二項進歩性なしには該当しない可能性があると考えます」

焦りでいっぱいの頭のうちに、閃光がさしこんだ。

北脇の声だ。

亜季ははっと顔をあげて、まずは救いの手がさしのべられたことに安堵した。しかし次の瞬間息をつめて、隣に座った上司の横顔を愕然と見つめた。

進歩性なしに該当しない？

なにを言いだすのだ。

北脇は、冴島が用いた法律上の根拠そのものが間違っていると指摘している。だからこの議論には意味もない。はじめから、間違った論理のもとに判断がなされているのだから。

そう言っている。審査官の主張を、足元からひっくり返しているのだ。

それほど強力な反論、寝耳に水だった。いったい北脇は、なにを根拠に冴島が間違っていると断言している？

同じく虚を衝かれたのだろう、常に冷静で動じないかに思われた冴島の目に、初めて強い感情が走った。

これはもうだめかもしれないと亜季は覚悟した。自信の塊のような審査官が、目の敵にする北脇に、そもお前が間違っていると言われて冷静でいられるわけがない。

しかし。

「なるほど、そう来ましたか」

予想に反して、挑戦者を迎えるチャンピオンのように冴島は笑った。ほんのわずかに口角をあげただけだが、笑みは笑みだ。

「であれば根拠をお話し願えますか、北脇さん」

そして舞台に立てと北脇に促している。

だが北脇はその誘いすらも撥ねつけて、自信満々に言い切った。

「つい口を出してしまいましたが、代理人でも発明者でもないわたしが説明するわけにはいきません。藤崎にお尋ねください。彼女ならばきちんと説明してくれるでしょうから」

なにを言いだすのだ。

今度こそ亜季は、本気で立ちあがりそうになった。北脇がなにを考えてこんなとんでもない提案をしているのか、亜季にはまったくわからない。

それでも北脇は退かなかった。冴島に目を向けたまま、亜季の手元に紙を滑らせてくる。

それは冴島がさきほどから問題にしている、冬瓜ゼリー食品の他社特許だった。ある部分にマーカーで印がつけられて、一言書き添えられている。ついさきほど、急いで書かれたような走り書きだ。

そんなメモを渡されたって——と焦りかけた亜季はしかし、走り書きを目にしたとたん、北脇の言いたいことを理解した。

そうか、そういうロジックか。

「では説明していただけますか、藤崎さん」

と冴島は値踏みするように首を傾ける。「わたしの論に、どのような落ち度があるとお考えですか」

亜季はもう一度、並んで座った仲間に目を向ける。鶴田は、まずは挑戦を、と促すようにこりとしてくれた。北脇はやっぱり、まっすぐ前を向いている。亜季のほうをちらとも見ない。

わかった。期待して、任せてくれるというのならやってやる。

「まず確認させてください。本願が特許法第二十九条第二項の規定により特許を受けることができない、そう冴島審査官が判断されたのは、この発明が引用文献ふたつの組み合わせによって容易に発明できたものであるから、とのことでした」

メロン飲料にワタを用いると書かれた文献と、冬瓜ゼリー食品のワタの含有率を定めた文献。そのふたつが矛盾（むじゅん）なく組み合わせられるからこそ、亜季たちの発明は簡単に思いつくと判断されてしまった。

「ですがそのお考えは成立しないと我々は考えます。なぜなら引用文献2は、引用文献1と組み合わせることのできない阻害要因があるからです」

阻害要因。

その言葉を聞いたとたん、冴島の表情が変わった。

いけるかもしれない。亜季は両手を握りしめる。

「引用文献2には、使用する瓜のワタの含水率に関する記載があります。具体的には、ワタの含水率が50パーセントを超える場合は、風味改善効果が著しく（いちじる）落ちると書かれています。しかし本願に記載があるとおり、本願で使用するメロンのワタの含水率は50パーセントを超えます。つまり引用文献2を見たとしても、わたしたち――当業者が、その技術をメロンに適用しようとは思い至らないはずです」

北脇が亜季に示唆したのはこういうことだ。確かに先行の発明では冬瓜ゼリー食品でワタを使っていて、その含有率も調べてあって、風味が改善すると明らかになってはいる。メロン果汁飲料にメロンのワタを使ってもいいとはっきり書かれた文献と組み合わせれば、亜季たちの発明なんて簡単に思いつくと思われるかもしれない。

だがそれはありえないのだ。なぜなら冬瓜ゼリーの特許には、メロンには不適とはっきり書いてある。なのに誰がわざわざその技術をメロンで試そうとするだろうか？

つまり冴島の言うようには、ふたつの文献は組み合わせられない。そこに阻害する要因があるから、『誰でも簡単に思いつく』とはとても言えない。

つまり『メロンのワタ案件』は――亜季たちの守りたい発明は、確かに既存の技術とは違うもの、発想のジャンプがあるものだ。

つまりこれは間違いなく、特許に値する。

冴島はしばし微動だにしなかった。それから手元の資料を確認して、亜季の言い分を熟考する。

亜季は息を呑んで返答を待った。

やがて冴島は小さく息をつくと、広げた資料を丁寧にまとめた。

「その旨(むね)、意見書にまとめて提出してください。そのようなお話なら、特許査定を下せる可能性もあるでしょう」

一瞬なにを言われたのか理解できなくて、亜季は瞬(また)いた。特許査定を下せる、つまりそれは——。

「特許にしていただけるかもしれないってことですか？」

思わず腰を浮かせると、冴島はわずかに眉をひそめる。

「そのとおりです。新たに拒絶理由が見つからねばですが」

ほんとか。

放心して座りこんだ亜季をよそに、冴島は帰り支度をはじめる。審査官は忙しいから、面接が終わればすぐに通常の審査業務に戻るのだろう。

しかし北脇がその背を引き留めた。

「藤崎に言うべきことがおありじゃないんですか、冴島審査官」

え、と亜季が考える暇もなく、席を立っていた冴島は振り返る。そして亜季を一瞥すると、表情は一切変えずに頭をさげた。

「先日は失礼なことを言って申し訳ありませんでした、藤崎さん」

「いえそんな！」

焦る亜季をよそに、北脇はさきほどまでの緊張を帯びた態度はどこへやら、椅子に背を預けて指を組み、冴島をじろりと睨んだ。

「どちらの案件に対して謝罪されているんです？　ケーキですか、経験不足と暴言を吐いたほうですか」

「後者に決まってます。カイザーショコラに関しては、僕は一切悪くはない。さきに頼んだのは僕ですから」

と冴島はしれっと答える。

「しかし後者については、確かに僕が間違っていたようです。よい部下をお持ちですね、北脇さん」

怖いくらいにこやかな声は、本気で言っているのかどうか怪しい感じである。しかし北脇はそんなの気にも留めずに勝利の微笑みを返した。

「そうでしょう、自慢の部下ですよ」

「きっと北脇さんの教育が素晴らしかったんでしょうね」

「まさか、藤崎自身の努力の賜物ですよ」

「でしょうねえ」

ふたりのあいだに火花が散っている。代理人の鶴田は慣れたものなのか、微笑ましいですねとでも言いたそうににこにこしていて、亜季はひとり縮こまった。なんというか、狸と狐の化かし合いに巻きこまれてしまった気がする。

「そういえば」と北脇は嘘(うそ)くさい笑みを保って続けた。「先日、弊社にインターンにやってきた野原審査官補、彼もなかなか面白い人間でした。指導されることもあるのですか?」

「いいえ。ですが彼、御社から帰ってきてからより熱心だと聞いていますよ。少々ぼんやりしていて世間知らずですが、根は真面目なのでよい審査官になるでしょう」

そのときは、と冴島は亜季に目を落とす。

「彼と忌憚(きたん)なくやりあって、よい特許をこの世に出してくださいね、藤崎さん」

声音(こわね)には、はじめてやさしさが滲(にじ)んだ気がした。

「あいかわらずいけすかない男だったな」

特許庁の隣の複合ビルの中庭には、大きな木が生えている。その木陰(こかげ)のベンチに座って、北脇は辟易(へきえき)したように言った。

膝(ひざ)には幕の内弁当。ほとんど食べ終わっている。本当は鶴田と三人でどこかで昼食をとりつつ今後の方針を決める予定だったが、お昼時でどこもいっぱいだった。それで鶴田は一度又坂国際特許事務所に戻り、亜季と北脇は弁当を買って、ベンチで気持ちのよい風に吹かれている。

「でも最終的には僕らの主張に納得してくれてよかった。設計事項なんて言いだしたときはどうしようかと思ったけど」

「……そうですね」

うつむく亜季をちらと見やり、北脇は座りなおした。

「どうしてそんなに凹んでるんだ。面接審査は成功したでしょ」

「もちろんそれは嬉しいんですけど」

亜季は自分の膝の上に目を落とす。海老フライ定食弁当。思ったほどはおいしくなくて、まだ大部分が残っている。いまいちなのはきっと、小さいエビに衣を厚くつけて、たいそうな代物に見せかけているからだろう。

この海老フライ、わたしみたいだな。

「わたし、結局助けてもらってしまいました。最後までひとりではできなかった」

自分の力で冴島を説得できねばならなかったのに、結局北脇の助け船を頼ってしまった。助言してもらえなければ、なんの成果も得られず帰らされていた。

でもそれ以上につらいのは、おそらく北脇が、亜季に気を遣っていたであろうことだ。

北脇が最後に言いだした『阻害要因』というのは、冴島の主張そのものをひっくり返す非常に強力な反論で、亜季が張った論陣よりもはるかに筋がよかった。あれを亜季がはじめから思いついてさえいれば、今日の面接はもっとスムーズにいったし、野原と喧嘩する必要もなかったのだ。

北脇さんは、最初からああいう反論ができるってわかってたんだろうな。

亜季の考えた反論がベストではないと、あらかじめ気がついていたに違いない。だが一人前になりたいという亜季のために、ぎりぎりまで黙っていてくれた。任せようとしてくれた。

それが本当に苦しい。

「わたし、まだひとりじゃなんにもできないんだなって痛感しました。頼もしいところを見せて、胸を張って一人前だと認めてもらって、そして北脇さんに安心して行ってもらいたかったのに」

亜季は唇を噛みしめる。それ以上言葉が出てこない。

と、北脇は戸惑ったように身じろいだ。

「まえから思ってたけど藤崎さん、なんでそこまで一人前ってワードにこだわってるんだ。そもそも話がよくわからない。『行く』って、いったい僕はどこに行くんだ」

「もちろん、北脇さんの好きなところへですよ」

「好きなところ？」

この期に及んで、ごまかさなくたっていいのに。目の奥が熱くなって、でも泣くのはさすがにどうかと思って、亜季は海老フライにかぶりついた。

「わかってます。北脇さん、ほんとはうちの会社の七面倒なもろもろに巻きこまれるよりは、親会社でスマートに仕事したり、又坂先生みたいに独立してばりばり稼いで、特許庁を見おろすビルでふかふかの椅子に座ったりしたいって思ってますよね。いいんです、当然だと思います。北脇さんみたいな優秀な人は、いくらでも大成できるんですから」

ホームランを打てる。打って、いくらだって上の世界に羽ばたける。

海老フライをもう一口放りこむ。北脇は、なんと返していいのかわからなくなっているようだ。あれだけ頭の回転が速い人なのに、今は亜季が海老フライを飲みこんで再び口をひらくほうがさきだ。

「北脇さん、今まで我慢してわたしたちのために頑張ってくださったから、だからわたし、自分が一人前だって証明できたら言おうと思ってたんです。わたしたちは大丈夫なので、北脇さんの好きを極めてくださいって」

情と義務感に縛られなくてもいいのだと、伝えたかった。

「なのにうまく審査官を説得できないし、助けてもらっちゃうし、この海老フライ油っこくて全然おいしくないし」

『緑のお茶屋さん』を一気にあおる。苦い。涙が出そうになってきた。

北脇は組んだ指に顎を乗せたまま、しばらくなにも言わなかった。さすがになにか言ってくれないかなと亜季が思いはじめた頃、ぼそりとつぶやく。

「……それで妙に一人前にこだわってたわけか」

と思えば空の弁当箱を片づけて、おもむろに立ちあがった。

「藤崎さん」

「……はい」

「ちょっと待ってて。すぐ戻るから」

言うや背を向けるので、亜季は慌てた。

「どこ行くんです。トイレですか？」

「違う、買い物」

買い物？　このタイミングでなにを買いに行くのだ。

焦る亜季をよそに、北脇は早足で通りのほうへ消えていく。亜季は見送るしかなかった。

どこ行っちゃったんだろう。

ひとり残され、呆然（ぼうぜん）とエビの尾に目を落とす。どうして急に席を立ったのだろう。買い物って本当だろうか。

もしかして、と悪い予感が胸にさしこんだ。北脇の将来というあまりにプライベートな領域に踏みこんだから、機嫌を損ねたのかもしれない。

考えれば考えるほどそんな気がしてきて、亜季はがっくりと頭（こうべ）を垂れた。

「わたし、今日はもう駄目かも……」

「いや、藤崎さんはすごいですよ。駄目なのは僕のほうです」

同じくらい落ちこんだ声がすぐ隣から返ってきて、亜季は飛びあがるほど驚いた。

見ればさきほどまで北脇が座っていたところに、審査官補の野原がうなだれているではないか。

「野原さんじゃないですか！　びっくりした、どうしてこんなところに」

「こんなところって、特許庁は隣のビルですよ。それに今は昼の休憩中ですから」

いやそうじゃなくて。

戸惑う亜季をよそに、野原は盛大な嘆息を吐きだした。

「冴島さんから聞きましたよ。今日面接審査だったそうですね」

「……そうなんです。でもうまくできなくて」

「なに言ってるんですか。藤崎さん、すごく筋道だった応答をしていて感心したって、冴島さん言ってましたよ。ガッツもあるし、知識も努力して蓄えようとしているし、なにより頭の回転が速いって。べた褒めですよ」

「……本当ですか」

「あのひとおべっか使わないタイプですから」

いいなあ、と首元を撫でている野原をまえにして、亜季はどんな顔をしていいかわからなくなった。冴島審査官がそんなふうに評価してくれていたとは、とても信じられない。

「というか野原さん、なんで冴島審査官からそんなこと聞いているんですか」

「あれ、言ってませんでしたっけ。冴島審査官、僕の直属の上司なんです」

亜季は箸を取り落とした。そんなの初耳だ。

「さっき冴島審査官、野原さんとはそんなに親しくないって言ってました」

「それ冗談です。お茶目なんですあのひと」

お茶目？

頭が痛くなってきた。

「あ、でも藤崎さんを褒めていたのは本当ですからね。僕、もっと見習うようにと言われてしまいました。同じくらいの職歴の知財部員が頑張ってるのに、お前はそれでいいのかって」

「……なにかやらかしたんですか」

「担当した審査がなってないって怒られちゃったんです。お前はこの仕事をなんだと思ってるのかって。僕は自分の判断に自信があったから、結構落ちこんでるんですよ」

ああいうときの冴島さん、怖いから、と野原はまた息を吐いた。

「でも怒るのも当然だとはわかってるんです。冴島さん、よく言ってます。特許権は、振りかざせば他の製品の販売差止も可能なほど強力な権利なんだって。だからこそ、本来与えちゃいけない発明にまで安易に特許権を与えるようなことがあったら、それは特許法の法目的に反するから許されないって」

「法目的に反する？」

「平たく言えば、みんなのためにならないってことです。正しく権利を与え、競争を促す。そうして技術を、社会を発展させる。それが特許法の目的ですから」

だからこそ、と野原は、北脇の置いていった未開封の『緑のお茶屋さん』を勝手にあけて飲んだ。

「だからこそ僕ら審査官は、厳正な審査をしなきゃならないんです。これは意匠も商標もみんな同じで、僕らの審査が無茶苦茶になったら、その審査を通った知財の信頼までが揺らいでしまう。みなさんの汗と涙の結晶を守れるかは結局、僕らがいかに正しい審査をできるかにかかってるわけです」

まあ僕らも人間なので、感情に左右されちゃうところもありますけどね。

野原は照れ隠しのように付け足した。

その横顔を見て、なんだ、と亜季は肩の力を抜いた。インターンのときは気がつかなかったが、真摯な表情をするひとではないか。

よかった、これならちゃんと親友を祝福できそうだ。

「……わたし、野原さんのお話を聞いてはじめて特許庁を身近に感じました」

「今まではなんだと思ってたんです？」

「憎き敵とか、越えるべき壁とか」

「ええ、やめてくださいよ。そういう敵対心ましましで意見書とか送ってこられると、僕らだって傷つくんですから」

「それはお互い様ですよ。わたしたちも拒絶理由通知とか、拒絶査定をもらうとショックを受けます」

そんなもんかな、と野原は首を傾げている。やっぱり聡いような鈍いような、よくわかんないひとだな、と亜季は笑った。ゆみはそこがいいのかな。

「野原さん、実はわたしも、冴島審査官が褒めてくれたほどうまくできたわけじゃなかったんです。北脇さんがいないとなにもできなくて、自己嫌悪に陥（おちい）っていたところでした」

「……そうなんですか?」

「はい。でも野原さんと話してたら、また頑張るぞって気持ちになってきました。なので野原さんも頑張ってください。そういえば北脇さんも、野原さんはいい審査官になるって褒めてましたよ」

「ほんとですか」

顔を綻ばせている野原に、亜季は拳を握って突きだした。

「いつかお互いビッグになって、特許をめぐってばりばりやりあいましょう」

野原は目を丸くした。

それからうなずいて、拳を合わせてくれた。

「望むところです」

じゃあそろそろ僕行きますね、と野原は立ちあがった。

「僕実は、どうしても藤崎さんに会いたくて、急いで追いかけてきたんですよ。なかなか見つからなくて諦めかけてたところだったので、会えてよかった」

そこまで会いたく思ってくれていたのか。意外に思った亜季は、野原が鞄から取りだした物を目にしてぎょっとした。お菓子の包みである。見覚えがあると思ったら、先日北脇が予約してまで購入していた、すぐ近くの有名洋菓子店のクッキーではないか。

それをあろうことか野原は、亜季へまっすぐにさしだした。

「持っていってもらえますか」

いつになく真剣な野原とクッキーの包みを交互に見やって、亜季は気まずく視線を泳がせる。

「いえ、そういうのはその、困ります」

「もしかして僕の気持ちをご存じない？」

なにを言いだすのだ。亜季は焦り半分、怒り半分で言いかえす。

「気持ちって、そもそも野原さん、ゆみと付き合ってるんじゃないんですか？」

なのになんて尻の軽い――と喉元まで出かかったが、野原はぱっと表情を明るくした。

「なんだ、ご存じじゃないですか。根岸さんに持っていってほしいんです。僕からの気持ちですって」

亜季は数度瞬いて、赤くなった。

「あ、そういうことですか……」

安堵したような、ちょっと怒りたいような。

「責任もって届けます。ゆみのこと、大切にしてくださいね」

照れ隠しに釘をさすと、野原はさわやかに笑った。

「当然です」

それじゃ、と手をあげ去っていく。

スーツがはためく颯爽とした後ろ姿は、今までで一番、できる審査官補っぽかった。

野原が通りに消えてから、亜季は膝の上の包みに目を落とした。

僕からの気持ちです、だって。

いいな、ゆみは。

心を分けてもらえるゆみが、そしてこんなにもあっさりと分け与えられる野原がうらやましい。

「……ていうか北脇さん、帰ってきてくれるのかな」

鞄にクッキーをしまいこみ、ふとあたりを見回す。本当に置いていかれたとは思いたくないが――などと思っていた亜季はほどなく、あ、と口をひらいた。

　向こうに見えるおしゃれなガラス張りの外階段に、ちょっとかっこいいスーツの男性がもたれているると思ったら、まさに亜季の上司ではないか。腕を組んで、斜に構えた視線をこちらに向けている。

　その態度のまま、亜季が自分の存在に気がついたと知っておもむろに近づいてきた。

「いつから見てたんです」

　慌てて尋ねたものの、そっけない返事が返ってくる。

「別に長くは見てないよ。野原さんと並んで話して、グータッチして、なんか恥ずかしそうにクッキーもらったあたりしか」

「結構ずっと見てるじゃないですか！」

「ふたりの世界に入ってるから、声をかけられなかったんだ」

　北脇は淡々と鞄を置くと、眉をひそめてベンチの上の小銭を手に取った。野原が、勝手に飲んだ『緑のお茶屋さん』の代金を置いていったらしい。

「ふたりの世界？　違います、誤解ですって」

「いいと思うよ。あの審査官補はきっと、女性の気を引こうとして安直に『かわいい』なんて言うタイプではないだろ」

「だから違うんですって！」亜季は懸命に言い訳した。「ゆみにクッキーを届けてほしいって頼まれただけなんですよ。野原さん、ゆみと付き合ってて」

「ふうん」

「もちろん仕事の話もしましたよ。お互いもっと頑張ろうって。でも野原さんの目的はどっちかっていうとクッキーで」

「別にどうでもいい。プライベートを上司に明かす必要はない」

北脇はぴしゃりと言い置くと、小銭をきっちりと財布にしまった。息をついてベンチに腰掛けたと思えば腕時計をいじりだす。

あーもう。亜季はやけになって言った。

「じゃあ好きにしますけど、これだけは言わせてください。わたしにだって好みのタイプってものがあるんです」

「知ってるよ。安直にかわいいって言ってくれる人だろ」

「今は違います。なんというか――なんというかわたし、北脇さんが作ったみたいな海老フライが好きなんです。ちっちゃいエビをごまかそうとして厚く衣をつけたのじゃなくて、立派なエビを引き立てる衣をまとった、こう、おいしいのが」

賢い北脇ならば、それがなんのことを指しているのかわかってしまうかもしれない。でも勢いで言いきった。

一瞬、沈黙が満ちる。

ややあって北脇は、すこし笑った。

「立派なエビの海老フライか。まったく同意だけど、人間の話じゃなくなってるだろ」

うまく話を逸らされた気がして、亜季はほっとしたような、寂しいような気分になる。

まあいい。これでいい。

「だってさっき食べた海老フライ、すっごく微妙だったんですよ」

「わかってる。だから口直しすればいいと思ったんだ」

と変哲もない白いビニール袋をややぞんざいにさしだされ、亜季は目を丸くした。

「もしかして買い物って、わたしのためだったんですか？」

「そのとおり」

なんだろう。戸惑いつつも受けとり中の箱をひらき、亜季は大きく目を見開かせた。

「カイザーショコラ……」

このあいだ冴島にかっさらわれて、食べ損ねたケーキではないか。

「まあ藤崎さん、野原さんと楽しそうに話していたし、元気も出てきたみたいだから、こんなのいらないかもしれないけど」

「いりますいります！　いいんですか、もらってしまって」

「もちろん」と北脇はそっぽを向いたまま答えた。「本当は冴島審査官に奢らせたかったんだけどな。とはいえ本当に奢らせるのはいろんな意味で難しいから、代わりに僕が……」

いや、そこまでのことじゃないだろ」

泣きそうになっている亜季に気づいて、北脇は狼狽と呆れが入り交じった顔をした。確かにこんな人通りの多い場所で泣かれたら、パワハラ上司と思われるかもしれない。

だが亜季は、涙目にならずにはいられなかった。

「そこまでのことですよ。一人前にもなれない上、今度はケーキまで買ってきてもらってしまって、さすがに申し訳なくて」

北脇は、落ちこむ亜季のために買ってきてくれたのだ。むろんそれが上司としてのふるまいなのはわかっている。だからこそ思う。こんないい上司、そのへんに転がっているだろうか。

「申し訳ない？　藤崎さんの認識はことごとく間違ってるな」

北脇は鞄から『カメレオンティー』を取りだし小さく息を吐きだした。

「……どのへんがです」

「まずさきほどの面接だけど、藤崎さんは充分よくやった。冴島審査官だって、自分の認識の誤りを潔く認めていただろ」

「『阻害要因』でひっくり返せたからですか。でもわたし、北脇さんがアドバイスしてくれたとおりに話しただけです」

「その認識が間違ってる。藤崎さんは、僕が渡したメモひとつで、僕の意図を完璧に理解して説明できた。冴島審査官はその機転に驚いたし、だからこそ脱帽したんだ」

「……そうなんでしょうか」

「そうだよ。まあ僕は、当然藤崎さんなら僕の意図に気づくと確信してたけどな」

やれやれと言ってから、北脇は『カメレオンティー』の蓋をあけた。

「それに冴島審査官があぁして自分の主張そのものがひっくり返されることを受けいれたのは、そこまでの藤崎さんの粘りがあったからこそだろ。審査官も人間で、プライドがある。そのプライドを引っこめてもいいと思えるほど、藤崎さんの応答は真っ当だった。立派な知財部員のふるまいだった」

北脇は真面目くさった顔で、行きかう人々を見つめている。亜季は直視できずにうつむいた。

そんなふうに言ってくれなくたっていいのだ。北脇は最初からなにもかも見通していたのに、亜季のために黙っていてくれていただけなのだから。

「藤崎さんの認識間違いのふたつめは、全部をひとりでこなせなければ一人前じゃないと考えているところだ。だけど言わせてもらえば、全部をひとりでこなせたところでなにが偉い」

「……それは普通に偉いのでは」

「今回、どうして僕が土壇場で、冴島審査官の主張を退ける策を思いついたと思う？」

すよね？」

亜季は戸惑った。土壇場？

「北脇さん、阻害要因のことを最初からわかってて、わたしのために黙っててくれたんで

北脇は、なにを言ってるんだという目で亜季を見た。

「なんであんな強い反論を知ってて、わざわざ黙ってなきゃいけないんだ。僕だってあのときに気がついたに決まってる。事前に探したときは見つけられなかったんだよ」

「え、そうなんですか」

目を白黒させている亜季を見て、なるほど、と北脇は嘆息した。

「黙っていられたと思いこんで、それでまた輪をかけて凹んでたのか。あのな、いくら藤崎さんに任せるっていったって、この状況でよりよい策を知っていて、あえて黙ってるわけないでしょ。特許にできるどうかは会社の将来を左右するかもしれないのに」

それはそのとおりだ。亜季は赤くなった。ちょっと自意識過剰だったかもしれない。

「とにかく僕がなぜそういう強力な反論策を思いつけたかというと、藤崎さんと冴島審査官のやりとりから、どうやら僕らの望みどおりにはことが運ばなそうだと早い段階で察せられたからだ。だから急いで反論できるポイントを探しにかかった。なぜ面接の最中にそんなことにかまけられたかというと」

と北脇は飲みかけの『カメレオンティー』に目を落とす。淡く色が変わりはじめている。

朝焼けの色だ。

「藤崎さんが、冴島審査官としっかりやりあってくれていたからだ。当然だけど、僕がひとりで応対していたら、反論のネタを探す余裕なんてなかった。あのまま突っぱねられて、すごすごと帰る羽目になった。つまりはそういうことだよ。今回、僕らは半分ずつしか働いていないけど、おかげで審査官を説得する材料を探しだせて、僕らの大事な発明を守れた。だったらそれでいいじゃないか。なにもかもをうまくこなせる一人前がひとりより、半人前がふたりいるほうがいい。そう思わない？」

北脇はすこし顎をあげて、どこか得意げないつもの笑みを浮かべた。

「そう思ってるからこそ、僕らはチームを組んで仕事をしてるわけでしょ。藤崎さんの言葉を借りれば、仲間と協力してるわけでしょ。僕らだけじゃなく、熊井さんや又坂国際特許事務所のみなさん、月夜野ドリンクの面々、大きな意味では特許庁の審査官だって仲間だ。そう考えれば、近頃藤崎さんが怖がっているらしき大失敗だって、それほど怖くはなくなってくる」

気がついていたのか。言葉もない亜季に、北脇は口角をあげてみせた。

「すくなくとも僕は、昔ほどは怖くはない。だから認識をあらためることを勧める。そもそも、ひとりで背負わず仲間を頼れって僕に啖呵を切ったのは藤崎さんじゃないか」

最後の認識違いは、と北脇はまた前を見やった。

「それは僕の人生についてだ。確かに僕はまがりなりにも資格持ちだから、いろいろな進路をとれるだろう。未来の僕が、今と別の道を望まないとは断言できない。だけどすくなくとも現在の僕は、この職場を去ろうとはまったく思っていない」

「……厄介ごとがたくさん起こりますよ。面倒を押しつけられたり、急に大事件に巻きこまれたり」

「そんなの知財部にいる以上、どこの会社でも起こるだろ」

「失礼なことを言う人もまだいます。報われないかもしれません」

「冒認出願の件は僕がミスしたって言い分に、一理あるのは否めない。それに、必要としてくれる人もいるんだから、他からなに言われようとそんなに気にならない」

だから、と北脇は言った。

「僕は、僕の能力が月夜野ドリンクに必要としてもらえる限りはここにいるつもりだよ」

「本当ですか」

「本当」

亜季は静かに息を吸い、それからどっと脱力した。

「なんだ、よかった。北脇さんがいなくなったら、知財部どうなっちゃうんだって思ってたんですよ」

明るくごまかしながらも、心底安堵していた。本当によかった。覚悟していたけれど、心の底では嫌だった。どこにも行かないと言ってほしかったのだ。

「離職のつもりはないってずっと言ってると思うんだけど。なのにどうして急に僕がいなくなると思いこんだんだ」

呆れた調子で問いかけられて、亜季はだって、と肩をすくめた。

「又坂さんが言ってたじゃないですか。湧きあがる『好き』って気持ちを無視して生きちゃだめって。あのときの北脇さん、思うところがあるようだったので、てっきり転職を考えているのかと思っちゃったんです」

ああ、と北脇は苦い顔で頭上で揺れる木の葉に目を向ける。

「……あれは転職うんぬんって話じゃない。又坂さんは、僕の人生のまったく別の側面に苦言を呈したんだ」

「どんな側面です？」

「それよりケーキ食べないの。食べないなら――」

「食べます食べます！」

と亜季は、腕を伸ばしてきた北脇から間一髪でケーキを守った。これは、私物を絶対に分け与えない北脇がくれたもの。つまりは北脇の心のこもった代物なのだから、絶対に亜季のものにしたいのだ。

もっとも北脇としては、これは焼肉を奢ってくれたり旅行券をくれたりしたのと同じく上司としてのふるまいであり、私物を分けてくれているわけではないのだろうが。

と考えたとき、亜季はふいに思い至った。

そうか。この上司は別になにもくれないわけではないのだ。上司としてならば、いろいろなものを惜しみなく分けてくれている。心だっていくらでもくれる。

だとしたら。

亜季は息を吸い、「そうだ」とふと思いついたような声を出した。

「せっかくのケーキ、コーヒーがあったらさらにいいですよね。わたし、そこのカフェでコーヒー買ってきますね。北脇さんのぶん、ブラックでいいですか？」

「僕はいらない」

「部下からのお礼ですよ」

「そういうのは別に必要ない。それは上司として、業務上必要だから買ったんだ。業務上の恩は業務で返してくれればいい」

「もちろん業務で返せるように頑張ります。でも実際問題、ケーキのお金は経費じゃなく、北脇さんの財布から出てますよね。つまりはこれ、私物ですよね」

すかさず亜季が突っこむと、北脇は珍しく言葉につまった。

「……いや」

「なので、ここはコーヒーで、すっきり貸し借りなしにしませんか」

プラマイゼロで、なにもなかったのと同じ。

北脇はすこし考えたあとに言った。

「じゃあコーヒー買ってきて。スモールのブラックで」

よしきた。

「わかりました」と亜季は立ちあがる。あんまり亜季がにこにことしているので、北脇は警戒心まるだしで尋ねてきた。

「なんでそんなに嬉しそうなんだ。貸し借りゼロだろ」

よくぞ聞いてくれました。

「確かにゼロですけど、なんにもなかったわけじゃないですよね。北脇さんが上司としてケーキを買ってくれて、わたしが部下としてコーヒーを贈りかえす。上司と部下として、心を贈り合ってるみたいで嬉しいです」

それが上司と部下の絆でもなんでも、与え合えるのならば亜季は嬉しい。願わくば北脇も、同じように思っていますように。

すぐに駆けだしたから、そのとき北脇がどんな顔をしていたのかは、残念ながら知るよしもなかった。

カフェは、お昼休みの終わりにコーヒーを買う人々で混み合っていた。

亜季はレジの列に並びながら、我ながらよい切りかえしだったなと頬を緩ませていた。

これでいい。この関係が一番安定していて幸せなのだ。ようは気持ちを明かさず、相手の気持ちにも切りこまない。そうすればずっとずっと、よい上司と部下、仲間でいられる。大学時代の大失敗はもう繰りかえさない。

そうだよね。

ソイラテにしようか、それともケーキを最大限味わえるようブラックにしようかと考えつつ、亜季は過去に思いを馳せた。

大学時代、ある同級生が好きだった。賢くて人当たりがよくて、気取らない仲間。亜季が一番気が合う、気を遣わないですむ、そう言ってくれたし、亜季も同じく思っていた。わかりあっている気がして、だから好きになった。

そしてその勢いのまま、思いを伝えたのだ。相手も当然、亜季を好きでいてくれると信じていた。誰よりわかりあえる存在になれるはずだと確信していたのだ。

だがあっさり振られた。『中身は好きだけど、見た目が好みじゃない』、そう言われて去られた。

亜季は呆然として、底まで落ちこんだ。あとになって実は遊び人だったとか、大学外に複数いた彼女をごまかすために亜季を利用していたとかいろいろ噂に聞いたが、もうどうでもよかった。最高の友だちで、仲間で、だからこそ好きになったのに、相手はまったく違ったのがただただ悲しかった。

瀬名良平（せなりょうへい）。

今はどこでなにをしているのか——なんてまったくもって気にならない。どうでもいい、二度と会いたくない。

列が動いて、亜季は不毛な思い出を振りはらった。ブラックをふたつ買おうと決めたとき、ちょうどコーヒー片手に店を出ていこうとしていた男が亜季にふと目を向ける。と思えばわざわざ亜季のもとまで戻ってきた。

そして軽薄な声音で一言。

「もしかして藤崎さんじゃない？」

誰だ、と見あげて亜季は息が止まりそうになった。信じられない、まさに今記憶から消し去ろうとしていた男、瀬名良平ではないか。

「久しぶり。こんなところで会うとは思わなかったな。まさか藤崎さん、このあたりの省庁に勤めてるの？」

瀬名は大学時代と変わらぬさわやかさで小首を傾げる。亜季はといえば、あまりに驚いて声が出ない。口を何度もぱくぱくさせて、ようやく返した。

「仕事で来ただけ」

「へえ、じゃあこのへんの官庁に用がある職業だな。公務員とか？」

「……実はメーカーの知財部に勤めてて。今日は特許庁に用があった帰り」

これ以上はなにも明かしたくない。『月夜野ドリンク』という名さえ知られたくない。

だがそんな亜季の警戒心などどこ吹く風で、瀬名は「え、そうなの」と目を細めた。

「じゃあある意味同業者だね、すっごい偶然」

同業者？

「……ってことは、瀬名君も知財関係の仕事をしてるの？」

最悪だ、帰りたい。

だが亜季はあえて瀬名の勤め先を尋ねた。リサーチは知財部員の基本中の基本。この男と今後関わらないようにするためにも、どこで働いているかだけは把握しておかなければ。

「まあね」

と瀬名は、もったいぶった仕草で名刺を取りだす。

「このようなところで働いております」

そこには、『総合発明企画』なる会社名が記されている。

総合発明企画。

亜季はひそかに眉を寄せた。近頃どこかで聞いた名のような気もするが……。

「あ、俺忙しいんで行くね。じゃあね藤崎さん」

高そうな腕時計に目を落とし、瀬名は手をあげた。

　そして、安堵しつつもなにかが引っかかった顔をしている亜季に、思わせぶりに付け加えた。

「そのうちまた、どこかで会うかもね」

　それじゃ、と去っていく背中はさわやかで、なぜか胸騒ぎがした。

　その頃北脇は、なんとはなしにひらいたメールを身じろぎもせずに見つめていた。

　メールの差出人は、北脇の出向元、上毛(じょうもう)高分子化学工業。

　帰任命令が出るという知らせだった。

主要参考文献

『事業をサポートする知的財産実務マニュアル』宮川幸子・清水至編（中央経済社）
『企業実務家のための実践特許法（第7版）』外川英明（中央経済社）
『会社の商標実務入門（第3版）』正林真之監修（中央経済社）
『食品会社の特許戦略マニュアル』森本敏明（幸書房）
『改正意匠法　これで分かる意匠（デザイン）の戦略実務　改訂版』藤本昇監修（発明推進協会）

知的財産権にまつわる事物の全般につきまして、西野特許事務所所長　弁理士　西野卓嗣氏にご監修いただきました。また一巻に引き続き、メーカーの知財戦略および実務について、M氏から多大なるアドバイスをいただきました。おふたりに感謝いたします。

作中に実在の法律および事件を引用していますが、この物語は、作者の意図の有無にかかわらず、事実と異なる部分があるフィクションです。

※この作品はフィクションです。実在の人物・団体・事件などにはいっさい関係ありません。

集英社オレンジ文庫をお買い上げいただき、ありがとうございます。
ご意見・ご感想をお待ちしております。

● あて先
〒101-8050　東京都千代田区一ツ橋2-5-10
集英社オレンジ文庫編集部 気付
奥乃桜子先生

それってパクリじゃないですか？ 2
～新米知的財産部員のお仕事～

集英社
オレンジ文庫

2023年3月21日　第1刷発行

著　者　奥乃桜子
発行者　今井孝昭
発行所　株式会社集英社
〒101-8050東京都千代田区一ツ橋2-5-10
電話【編集部】03-3230-6352
【読者係】03-3230-6080
【販売部】03-3230-6393（書店専用）
印刷所　凸版印刷株式会社

ISBN 978-4-08-680493-6 C0193